L'école des stars

Biographie

Après une carrière artistique dans le domaine de la communication, de la photo et du cinéma, David Hudson est devenu romancier. Il est l'auteur sous divers pseudonymes de soixante livres pour la jeunesse, dont plus de la moitié chez Bayard : ouvrages historiques, récits fantastiques, romans d'aventure et romans d'amour.

© 2005, Bayard Éditions Jeunesse
3, rue Bayard, 75008 Paris
ISBN : 2 7470 1565 3
Dépôt légal : février 2005
Loi n°49 956 du 16 juillet 1949 sur les publications destinées à la jeunesse.
Reproduction, même partielle, interdite.

DAVID HUDSON

L'école des stars

BAYARD JEUNESSE

Avertissement

Si tu aimes le chant, la danse, la musique,
le théâtre ou le cinéma,
ce livre est fait pour toi.
Découvre les coulisses de l'**Art School**,
l'académie des arts du spectacle
la plus prestigieuse de Paris,
où des élèves talentueux travaillent
avec acharnement pour atteindre la perfection.
Leur objectif : devenir des artistes reconnus !

Chapitre 1
20 août - 9 heures

Mélissa Lioret examina l'imposante construction. Vue de loin, l'Art School faisait penser davantage à une usine qu'à une école. Elle était pourtant l'une des plus fameuses académies des arts du spectacle au monde. Le bâtiment avait servi jadis d'atelier et d'entrepôt.

Mélissa se mêla à la foule anxieuse qui se bousculait pour franchir le porche. C'était le jour du concours d'entrée. Un concours impitoyable : sur cinq ou six cents candidats, soixante seulement auraient la chance d'être admis en première année. La main de la jeune fille se crispa sur son rouleau de textes et de par-

titions : « Il faut que je sois reçue. À tout prix ! »
Elle était au pied du mur. Au pied du rêve.

Orpheline, la jeune fille avait été recueillie par sa tante paternelle, Louise Lioret. Celle-ci avait tenté par tous les moyens de la détourner de l'académie. Cependant Mélissa tenait plus que tout à sa carrière artistique, et dissimulait une volonté de fer sous une apparence vulnérable. Sa vie était là, derrière ces murs de brique, où des générations de stars s'étaient révélées et épanouies.

La jeune fille franchit le seuil de l'Art School d'un pas décidé. L'intérieur ne ressemblait pas à la façade. Les armatures de fonte et d'acier, les hautes parois de verre, les voûtes couleur de ciel et les planchers de teck rouge évoquaient étrangement un paquebot. Un flot de lumière inondait le hall monumental et les candidats pressés au pied du grand escalier, où un écriteau indiquait : « Danse et théâtre : niveau 2 », « Musique et chant : niveau 3 ».

Chacun était tenu de présenter ces quatre épreuves. Il pouvait choisir en toute liberté les monologues ou les scènes qu'il allait jouer, les musiques et la chorégraphie sur lesquelles il danserait. Pour être admis, le futur élève devait obtenir une appréciation favorable dans les quatre disciplines.

« Je dois y arriver, je peux y arriver ! »

Mélissa ferma les yeux durant quelques secondes. Un garçon qui descendait l'escalier comme un fou la heurta d'un coup d'épaule et faillit la renverser. En s'accrochant à la rampe, Mélissa laissa échapper ses documents, qui se répandirent sur les marches. La meute des candidats piétina sans respect la mélodie de Schumann, les variations de Garner, les paroles de « Girls », le texte de *Roméo et Juliette*.

Comme elle se précipitait pour les ramasser, la brute fit barrage de ses deux bras écartés :

— Tas de bœufs ! Poussez-vous !

Il plongea sous les pieds des « bœufs » et arracha par poignées les précieux documents pour les restituer, tout froissés, à sa propriétaire.

— Ta mélodie, c'est flonflon ! gloussa-t-il.

« Quel plouc ! » pensa Mélissa, vexée et furieuse. Elle lui trouva un physique ingrat : des cheveux d'un châtain roux aux boucles épaisses, un front protubérant, un fort nez sur des lèvres charnues. « Un faune, se dit-elle, une de ces divinités mi-homme mi-bête vénérées dans l'Antiquité. »

La lettre de convocation de Mélissa s'ornait d'une énorme empreinte de chaussure. Le faune la lui tendit en grommelant :

— Fais attention où tu vas !

Elle se cabra. Il plaisantait sans doute, mais elle n'avait pas le cœur à rire, pas le jour qui allait décider de son avenir. Après un vague merci, elle lui tourna le dos et monta jusqu'au niveau 3, décidée à commencer par l'épreuve de musique.

Elle étudiait le piano depuis l'âge de huit ans et se sentait plus à l'aise devant un clavier que sur une scène. Pour cette audition, elle avait choisi une étude de Schumann et un air de jazz, *Early in Paris* d'Erroll Garner. Instinctivement, elle vérifia ses partitions. Complètes ! Elle connaissait les morceaux par cœur, mais elle savait que le trac jouait parfois des tours à la mémoire !

Quelque cinquante candidats occupaient le couloir du troisième étage, les uns assis sur des bancs appuyés aux murs, les autres sur le plancher. La plupart avaient des mines sombres ou partaient de rires nerveux. Mélissa s'adressa à une fille aux yeux noirs :

– Dans quel ordre on passe ?
– Celui d'arrivée.

Avec une grimace compatissante, la jeune fille lui indiqua le bout de la rangée. Elle avait l'accent du Sud. « Une Italienne », pensa Mélissa, en comptant machinalement les candidats à l'épreuve de musique. Elle était la dix-neuvième. « Tant mieux, j'aurai le temps de me préparer ! »

Assise sur le plancher, elle observa ses voisins avec curiosité. Face à elle attendaient ceux qui présentaient l'épreuve de chant. Curieusement, le look de ces chanteurs était très différent de celui des musiciens. On voyait des Mariah Carey mastiquant du chewing-gum, des Mary Blige au ventre nu, des Lee Charter cloutés d'acier, et des rappeurs sapés comme Don Choa.

Les musiciens avaient une allure plus romantique, alors que tous les candidats étaient soumis aux mêmes tests. « Chacun commence par la discipline qu'il maîtrise le mieux », conclut-elle.

« Maîtriser » était un bien grand mot. Elle aurait dû prendre davantage de leçons, mais Louise s'y était opposée. « De l'argent gaspillé ! » fulminait-elle. Comme si c'était le sien ! Tristan et Alma, les parents de Mélissa, avaient souscrit une assurance sur la vie, et la compagnie lui versait chaque mois une rente d'éducation. D'ailleurs, la fille de tante Louise, Océane, était elle-même élève à l'académie. Pour elle, rien n'était trop beau ni trop cher. Manifestement, pour Louise, Océane, belle et douée, était le petit génie artistique de la famille, tandis que la pauvre Mélissa…

Lorsqu'elle n'évoquait pas les problèmes d'argent, Louise parlait du talent : « Tu n'es pas faite pour ce métier, Mélissa. Tu es trop sage, comment dire ?… trop appliquée. » « Trop coincée », ajoutait perfidement Océane, qui voulait être la seule à faire partie de l'élite de l'académie.

Mélissa n'avait pas l'éclat et la beauté sensuelle de sa cousine, pas encore. Elle avait quinze ans et demi ; Océane, dix-sept. On en reparlerait. Pour le moment, elle devait se contenter d'un corps trop mince et d'un visage « intéressant », comme on dit d'une fille dont la beauté est prometteuse. Elle n'en voulait pas à Océane pour ses allusions méchantes. Par contre, elle ne pardonnait pas à sa tante de chercher par tous les moyens à la détourner de sa vocation. « Ta mère non plus n'était pas une artiste, répétait Louise. Elle a bien fait de renoncer à sa lubie ! »

C'était faux, Mélissa le savait. Alma avait abandonné sa carrière pour ne pas être séparée de Tristan. Tous ceux qui l'avaient connue se souvenaient de son talent. Elle avait tout sacrifié par amour. Louise persistait à le nier parce qu'elle était jalouse de sa belle-sœur, plus séduisante et brillante qu'elle. « Moi, en tout cas, rien ne me forcera à abandonner. Même pas l'amour ! » se jura Mélissa.

— Le candidat suivant !

Mélissa leva les yeux sur la femme revêche, vêtue de noir, lèvres minces, cheveu rare, style vieille fille. « C'est à moi, déjà ? » Son tour était arrivé plus vite que prévu, et son cœur se mit à battre follement, d'autant plus que la candidate précédente sortait de la salle en pleurs.

— Votre convocation ! s'impatienta la femme.

Mélissa lui tendit la lettre d'une main tremblante.

— Mélissa Lioret... Mélissa Lioret.

La secrétaire consultait sa liste.

— Anne! cria une voix grave à l'intérieur de la classe.

— Voilà, j'arrive! maugréa la femme.

Elle dévisagea Mélissa avec sévérité:

— Je n'ai pas de Mélissa Lioret. Vous n'êtes pas inscrite.

— Mais si, protesta la jeune fille, vous avez ma lettre, vous voyez bien!

L'assistante secoua la tête d'un air inflexible:

— La convocation n'a pas valeur d'inscription. Votre candidature a dû être refusée.

— C'est impossible..., balbutia Mélissa.

La femme l'écarta avec fermeté:

— Désolée pour vous, il est trop tard. Vous auriez dû vérifier votre dossier. Le suivant, pressons!

— Voilà! dit un candidat en se glissant prestement devant Mélissa.

La jeune fille regarda avec désespoir la femme introduire le garçon et refermer la porte. Tous ses rêves s'écroulaient en quelques secondes. Elle était si désemparée qu'elle ne songeait pas à réagir. « Trop tard! » Les paroles de la femme résonnaient dans sa tête. Ses yeux se portèrent sur les candidats, qui fuyaient son regard. Désespérée, elle se laissa tomber sur un banc, le visage entre les mains pour cacher ses larmes.

Chapitre 2
20 août - 10 heures

Tout à son chagrin, Mélissa ne réagit pas lorsqu'une main lui caressa les cheveux. Mais elle finit par entendre la voix moqueuse :

– Chaque fois pareil ! Je m'absente cinq minutes, et elle se désespère. Me voilà, mon amour. C'est Jason. Là, c'est fini, c'est fini.

À travers ses larmes, Mélissa reconnut le faune qui l'avait bousculée dans l'escalier. Brutal, et stupide avec ça ! Elle se dressa, furieuse :

– Fiche-moi la paix !

Au milieu des ricanements, une voix s'éleva pour prendre sa défense :

— Arrête, tu n'es pas marrant ! Elle vient de se faire éliminer pour une raison idiote.

Mélissa reconnut la fille aux yeux noirs, l'Italienne, qui, après avoir subi l'épreuve de musique, attendait celle du chant.

— Une raison idiote, tu dis ? Quelle raison ? demanda Jason sans se démonter.

— Son inscription n'est pas valable… C'est ça, non ?

Mélissa haussa les épaules avec lassitude et se détourna pour se moucher et s'essuyer les yeux.

— Montre !

Jason lui arracha sa convocation.

— C'est sûrement une erreur ! Viens !

Il lui prit la main et l'entraîna d'autorité. Comme elle résistait, il sourit :

— Grouille ! Le secrétariat va fermer.

« Qu'est-ce que j'ai à perdre ? » pensa-t-elle. Elle le suivit. Au rez-de-chaussée, le grand hall était désert. Tous les candidats assiégeaient les étages.

Le secrétariat des étudiants se trouvait à droite de l'entrée. Comme Mélissa et Jason s'approchaient du bureau, une jeune femme en sortit.

— Le bureau est fermé, dit-elle.

Jason se plaça devant la porte :

— L'administration a commis une erreur, annonça-t-il avec aplomb. L'inscription de Mélissa Lioret n'a pas été enregistrée. Le prof nous envoie pour rectifier.

Elle le dévisagea d'un air soupçonneux :

— Les inscriptions pour le concours de première année sont closes depuis longtemps.

— Je ne vous le fais pas dire, gronda Jason. Voici la convocation en question.

— Mélissa Lioret, lut la jeune femme. Si elle ne figure pas sur les listes, c'est qu'elle ne doit pas être inscrite.

— On a dû l'oublier, insista Jason. Son dossier était en règle.

— C'est bon, entrez, asseyez-vous, capitula la secrétaire. Vous vous rendez compte que j'ai mille dossiers à gérer ? Plus de six cents rien qu'en première année.

Elle ouvrit une armoire métallique, pleine à craquer de dossiers bleus. Comme elle leur tournait le dos, Jason adressa un clin d'œil à Mélissa. Elle répondit par une moue reconnaissante. Il était vraiment curieux, avec son corps osseux, son front proéminent et son nez de travers. Ses traits semblaient avoir été démontés et reconstruits dans le désordre. Plus qu'à celui d'un faune, son visage ressemblait au signe emblématique du bélier. Malgré la chaleur, il portait un vieux pull de marin et un pantalon baggy, dont le fond tombait au creux des genoux. Sa laideur n'était pas exempte d'un certain charme.

— Lioret Océane, annonça la secrétaire.

— Mélissa, rectifia timidement la jeune fille.

— Lioret Mélissa…

La secrétaire s'installa à son bureau et feuilleta le dossier.

— Je comprends : les frais d'inscription n'ont pas été réglés, malgré deux relances.

— Ma tante m'a assuré qu'elle avait fait le nécessaire ! s'exclama Mélissa.

— Elle a dû oublier.

— Mais non, elle…

Un soupçon effleura la jeune fille : si Louise l'avait fait exprès pour l'empêcher de présenter le concours ?

— Je suis navrée, mais je ne peux rien pour toi.

— Attendez ! Ces frais, c'est combien ? intervint Jason.

— Ce n'est pas la question, dit la secrétaire. Il est trop tard pour régulariser de cette manière. Les inscriptions sont closes depuis quinze jours et nous avons atteint notre quota de candidats.

— Trop tard ? s'exclama le jeune homme. Trop tard, alors que le règlement a été effectué ? Je suis sûr que vos services ont égaré le chèque, ou bien ils l'ont encaissé sans vous en aviser.

La secrétaire, amusée par son culot phénoménal, le regarda avec un mélange de sympathie et d'irritation.

— Cent euros, annonça-t-elle.

Il fouilla dans ses poches.

— J'en ai trente, dit-il. Tu as combien ?

— Cinquante, répondit Mélissa.
— OK, attendez-moi !

Il sortit du bureau en coup de vent. La secrétaire dévisagea Mélissa avec curiosité :
— C'est ton ami ?

Elle secoua la tête :
— Je ne le connais pas !
— À mon avis, tu vas vite apprendre à le connaître, prédit la jeune femme en réprimant un sourire. Pourquoi veux-tu entrer à l'Art School, dis-moi ?
— C'est un endroit magique.
— Un milieu difficile, ingrat, impitoyable parfois, tu sais. Seuls les plus forts résistent.

Mélissa redressa la tête dans une attitude de défi :
— Ça ne me fait pas peur !

La secrétaire approuva en exagérant son expression de gravité :
— J'espère que tu seras très heureuse dans ce lieu « magique ».
— Encore faut-il que je réussisse !
— D'abord que tu sois inscrite ! dit la jeune femme en consultant sa montre.

Comme s'il avait perçu son impatience, Jason fit irruption dans le secrétariat et déposa un billet de vingt euros sur le bureau. La jeune femme se mit à rire :
— Je constate que tu as trouvé un copain généreux.

— C'est un vieux monsieur, expliqua Jason. Il s'appelle Soler.

Elle le regarda, incrédule :

— C'est le comptable ! Tu es sûr que tu veux faire une carrière artistique ? Comme vendeur, tu me sembles particulièrement doué !

— C'est la même chose, non ? plaisanta Jason.

Il se tourna vers Mélissa :

— C'est bon ? On peut y aller ?

— Attendez-moi, dit la secrétaire. Je vais vous accompagner.

Elle inscrivit quelques mots sur un formulaire, puis escorta les deux jeunes gens jusqu'au troisième étage. Le masque de la vieille fille, qui veillait devant la salle de musique, vira au rouge :

— Isabelle ? Il a fallu qu'elle aille t'embêter ! Je lui ai pourtant répété qu'il n'y avait rien à faire. Ils sont têtus comme des mules !

Isabelle leva une main apaisante :

— Il s'agit d'une erreur du secrétariat. Il faut ajouter le nom de cette jeune personne à ta liste. Désolée pour le dérangement.

Elle sourit à Mélissa :

— J'espère ne pas avoir perturbé ton audition.

— C'est cool, dit Jason, magnanime.

« Elle est vraiment super, pensa Mélissa. Si les professeurs pouvaient être comme elle ! » La vieille fille la ramena brutalement à la réalité :

– Bon, le problème est réglé, alors tu peux entrer. C'est à toi.
– Déjà ?
– Nous n'avons pas toute la journée !

Elle la poussa à l'intérieur et referma la porte au nez de Jason, qui voulait entrer lui aussi. Mélissa se retrouva dans une pièce éclairée par une verrière. Devant elle, six degrés de bois s'étageaient en demi-cercle. Au centre se dressaient divers instruments : piano, harpe, vibraphone, batterie. Un homme, assis derrière un pupitre, l'examinait d'un œil sévère.

– Voici Mélissa Lioret, annonça la femme. Son nom avait été oublié.

L'homme fit un geste agacé. Il portait un gilet marron et des bottines. Ses sourcils étaient si épais qu'on distinguait à peine ses yeux.

– Je peux ? demanda Mélissa.

N'obtenant aucune réponse, elle prit ce silence pour un acquiescement et s'installa devant le piano. Après quelques instants de recueillement, elle commença. Au lieu de lui faire perdre ses moyens, l'incident l'avait emplie d'une étrange exaltation. L'étude de Schumann coulait sous ses doigts comme une eau limpide. Elle franchit avec aisance les passages difficiles. Puis, sans transition, elle attaqua l'air d'Erroll Garner. Les yeux perdus au loin, elle trouva instinctivement le rythme et la sonorité du grand jazzman et y ajouta ses propres variations.

« Pas si mal », se dit-elle en soignant ses derniers accords. Lorsque le son eut fait place au silence, elle regarda le piano et se rendit compte qu'elle venait de jouer sans partitions. Elle les avait oubliées sur le bureau d'Isabelle !

L'homme au gilet écrivait sur son pupitre avec une sorte de fureur. Mélissa attendit, quêtant un sourire, une appréciation. Mais il ne daigna pas relever la tête. L'assistante fit signe à la jeune fille que l'audition était terminée. Elle la précéda vers la porte. Puis, à l'instant où elle s'effaçait pour la laisser sortir, elle inclina la tête. « Elle a aimé ma façon de jouer ! » pensa Mélissa. Son espoir fut déçu, car la vieille fille reprit aussitôt son air glacé. Son salut n'était qu'un tic. Inutile de rêver.

Dans le couloir, les candidats couraient et criaient comme des gosses.

— Silence, ou j'interromps les auditions ! menaça le cerbère en robe noire.

Une place se libéra. Mélissa s'assit et ferma les yeux, épuisée. La musique était pourtant plus facile pour elle. Le plus éprouvant restait à faire, et tout d'abord le chant. Elle avait une jolie voix, mais si faible ! Quand elle avait voulu prendre des leçons, Louise avait refusé. « La danse, le piano, tu as assez d'activités comme ça. Passe d'abord tes examens, travaille tes maths, apprends un vrai métier. Ensuite, si tu veux chanter, danser, faire la manche dans le métro, ce sera ton affaire. Je dis ça pour ton bien. »

« Elle est allée jusqu'à éviter de payer l'inscription, j'en suis sûre ! pensa la jeune fille avec rage. Elle perd son temps. Je vais entrer à l'académie, devenir actrice, qu'elle le veuille ou non ! »

En attendant, elle avait la gorge nouée. Super avant une épreuve de chant !

— Et ça, miss Nutsy ?

Jason agitait ses partitions devant ses yeux. Mélissa lui offrit un sourire crispé. N'avait-il rien de mieux à faire qu'à la suivre comme un chien fidèle ?

— Je les connais par cœur.
— On peut les balancer, alors !

Il fit mine de les déchirer. La jeune fille les lui arracha des mains. Elle avait encore besoin des paroles de sa chanson et du texte de *Roméo et Juliette*. Pour ce dernier, quelqu'un devrait lui donner la réplique. Pourquoi pas ce Jason ? Elle le dévisagea. Non, décidément, il n'avait pas une tête de Roméo.

— Tu attends quelqu'un, dans ce couloir ?
— Mon tour.
— Si c'est pour chanter, je te conseille de te pointer dans la salle, sinon tu risques de passer la nuit sur ton banc !

— Les autres sont à l'intérieur, confirma une fille.

Là, pas de gardienne en robe de deuil, comme pour l'épreuve de piano. Les candidats entraient et sortaient librement. Ils se pressaient sur les fauteuils d'un petit amphithéâtre. Celui-ci ressemblait à la salle de musique, mais l'ambiance était loin d'être aussi recueillie. Les conversations formaient un brouhaha qui gênait les candidats et obligeait le professeur à intervenir. C'était une jeune femme, douce et frêle, peu douée pour la discipline.

— Quel souk ! grogna Jason.

Il poussa Mélissa au premier rang et s'installa à côté d'elle. Debout devant eux, une candidate massacrait la « Chanson de Solweig ». Jason apprécia en connaisseur :

— J'avais un vélo qui faisait ce bruit-là.

— Tais-toi ! chuchota Mélissa.

— J'en ai usé, des burettes d'huile, je te jure.

Il était insupportable. À présent, il feuilletait ses papiers :

— Tu vas chanter « Girls » ? C'est chamallow et compagnie !

Elle se désintéressa de lui pour observer les candidats. Dans l'ensemble, les filles étaient sexy et outrageusement maquillées. Certains garçons ressemblaient aux skinheads de Liverpool. « J'ai l'air fin, avec mon chemisier blanc et mes socquettes », pensa-t-elle.

Au centre de la salle, un garçon d'une quinzaine d'années avait succédé au bourreau de Solweig. Il interprétait une chanson de Brel, version rock, accompagné au piano par un homme si petit qu'il disparaissait entièrement derrière l'instrument.

– On n'entend rien, murmura Mélissa, consternée.

– C'est ça, le public! ricana Jason. Une méchante bête qu'il faut apprendre à dompter. Ce chahut fait peut-être partie du test.

Une fille vêtue en princesse syrienne, gilet brodé, pantalons bouffants et bijoux sonores, s'avança. Celle-là n'eut aucune peine à se faire entendre. Ses vocalises perçaient les murs.

La prof écoutait, la tête tournée vers la baie vitrée, l'air distrait, comme pour se protéger de la médiocrité des candidats. Elle sembla revenir à la réalité en entendant les spectateurs applaudir bruyamment la cantatrice.

– À toi, décida Jason.

Il s'empara avec autorité de sa convocation et de ses partitions.

– Attends! supplia Mélissa.

Elle aurait voulu s'habituer encore un peu à l'ambiance, attendre le départ des curieux… Trop tard. Les documents étaient déjà entre les mains du professeur de chant. La jeune fille se leva en maudissant le faune insupportable.

Le professeur adressa un sourire encourageant à la nouvelle candidate et remit la partition au petit pianiste. Celui-ci attaqua la mélodie dans un rythme très lent, qui convenait à Mélissa. Elle se mit à chanter. Mais les spectateurs, un moment subjugués par la chanteuse syrienne, reprirent leurs discussions, et la voix frêle de Mélissa se dilua dans leur brouhaha.

— Vos gueules ! hurla soudain Jason.

La stupeur figea la salle. Mélissa se tut, et le pianiste, interdit, fit rouler son tabouret pour observer la scène. Puis un fou rire général secoua l'amphithéâtre. Devant ce déferlement, le professeur perdit patience :

— Où vous croyez-vous ? Au cirque, peut-être ? Vos amis sont en train de passer des épreuves dont dépend leur avenir. Et, au lieu de les soutenir, vous les empêchez de concourir !

Elle se tourna vers Jason :

— Pour commencer, toi, tu vas me faire le plaisir de prendre la porte !

— OK, dit Jason. Mais pas tout seul.

Il monta sur les gradins et se mit en demeure de bousculer les auditeurs les plus indisciplinés.

— Tirez-vous, allez !

— Tout le monde dehors ! ordonna le professeur.

— On attend pour auditionner, protesta une fille.

– Vous reviendrez.

La salle se vida aux trois quarts. Jason, sorti le dernier, referma la porte. Un silence religieux s'installa.

– Reprends depuis le début, si tu veux bien, dit le professeur d'une voix radoucie.

Mélissa put chanter dans de meilleures conditions. Mais l'interruption l'avait déconcentrée. Sa voix tremblait. Elle oublia un refrain, se jugea médiocre et partit déçue.

Chapitre 3
20 août - 11 heures

Jason Masur écarta la foule des candidats et ouvrit la porte d'un geste théâtral. À l'intérieur de l'auditorium, quatre spectateurs écoutaient avec recueillement – « résignation », pensa Jason – une jeune fille débiter un monologue sans saveur. Le professeur d'art dramatique, Sacha Ovtchinikov, se retourna, courroucé :

– J'ai spécifié que je ne voulais pas être interrompu !

Jason salua :

– Ce n'est pas une interruption, mais une entrée en scène.

Sacha apprécia sans doute la réplique du

nouveau venu, car, au lieu de le chasser comme il en avait eu l'intention, il l'invita à s'asseoir et à se taire.

La candidate reprit sa récitation laborieuse. Jason se tassa sur son siège et ferma les yeux. Pour son audition, il n'avait rien prévu. Ce concours l'ennuyait au plus haut point, et, sans la promesse faite à ses parents, il aurait quitté les lieux sans regret. Luc et Aricie étaient des comédiens talentueux, mais pratiquement inconnus. Les frais de scolarité de l'Art School allaient exiger d'eux de lourds sacrifices. « Dépense inutile ! avait plaidé Jason. J'apprendrai tout aussi bien le métier de comédien en l'exerçant. »

Déjà, il avait décroché de petits rôles à la télévision et dans des cabarets de la Rive gauche. Mais, tout en reconnaissant son talent, ses parents désiraient pour lui la meilleure des formations, afin de lui donner une chance qui leur avait fait défaut à leurs débuts. Jason avait cédé à contrecœur.

Maintenant, il observait d'un œil critique cette académie prétentieuse. Du reste, il détestait toutes les écoles, les cours, les devoirs, les notes, la discipline. Il avait faim de liberté. Ce n'était pas chez lui de la paresse, mais une volonté de fixer ses règles de vie sans l'aide de quiconque. Il aimait la rêverie, la solitude, les jaillissements d'une inspiration qu'il évitait de brider, de peur de l'étouffer.

Au concours de l'Art School, il avait décidé d'être lui-même. À l'état pur. À l'état brut. C'était à prendre ou à laisser. On l'écarterait ? La belle affaire ! Il aurait tenu son engagement vis-à-vis de ses parents sans déroger à ses principes.

Il observait les autres avec amusement. Les ambitieux, les prétentieux, les passionnés, les graines de stars. « Ce joli monde n'est pas pour moi », pensait-il, jusqu'au moment où il avait croisé Mélissa. Elle lui avait plu au premier regard, avec sa blondeur, son visage d'ange et son air apeuré. Elle semblait aussi dépaysée que lui, mais loin d'être égarée. Il y avait en elle de la force et de la personnalité. Douce et dure, lisse et profonde, courageuse et sensible, c'est ainsi qu'il la percevait. « Tu es tout simplement dingue de cette petite ! »

— Voyons un peu ce que vous avez préparé.

Jason revint sur terre. C'était à lui que le professeur s'adressait.

— Rien, je n'ai rien préparé.

— Qui êtes-vous, au juste ? ironisa Sacha. Un touriste ? Un habitant de la lune ?

— Les deux, répliqua Jason. Un comédien.

— Après une si belle entrée, j'imagine que vous devez avoir un tour dans votre sac.

— Ni tour ni sac, je le crains. Je comptais improviser.

— À merveille, dit Sacha. Alors, en scène !

Le jeune homme quitta sa place et escalada lestement les quatre marches de l'estrade.

Il s'inclina :

— Je m'appelle Jason Masur.

— Joli nom de scène, apprécia Sacha.

— Choisissez un mot, n'importe lequel.

Le professeur fit la grimace :

— Ce n'est pas une estrade de bateleurs !

— Mais si.

— Un mot ? soupira Sacha. Que diriez-vous de grenade ?

— Une couleur ?

— Noire ! cria la fille au monologue.

— Un instrument de musique, maintenant ?

— La guitare, proposa l'un des candidats.

Jason sourit. Ce genre d'improvisation était celui qu'il avait l'habitude de faire en public.

— À Grenade, au sud de l'Espagne, commença-t-il, une infante vêtue de deuil regardait un jeune homme jouer de la guitare sous les arcades de l'Alhambra. Elle était belle et fortunée. Il était laid et misérable, mais sa musique avait plus de noblesse que tous les Grands d'Espagne réunis. La vie de l'infante ne tenait qu'à un fil. Celle du musicien en avait six : les cordes de sa guitare...

Pendant un quart d'heure, il continua ainsi, multipliant les scènes d'amour, de duel, de trahisons. Il interpréta sept rôles différents, de l'infante Inès à Miguel, le guitariste, et à Don Almena, l'alcade. L'auditoire était sous le charme.

— Intéressant, reconnut Sacha. Mais il faudra améliorer tes textes et travailler ta gestuelle, si on est appelé à se revoir.

— Sait-on jamais ! soupira Jason avec un salut désinvolte.

En sortant du théâtre, il aperçut la jolie silhouette de Mélissa en collant noir. La jeune fille sortait des vestiaires et se dirigeait vers la salle de danse, en compagnie de l'Italienne, Élisa. Il se précipita :

— Alors, joli rossignol, ce récital ?

Il jugea comique sa façon de plisser son petit nez. Mais ce n'était pas l'effet recherché, car elle répliqua d'un ton sévère :

— Tu m'as perturbée avec tes hurlements. À cause de toi j'ai été nulle !

— Ingrate ! On ne t'entendait pas, il a bien fallu que j'intervienne ! Je t'ai défendue au péril de ma vie, et voilà ma récompense... Mais, j'y pense : tu m'en veux d'avoir chassé ton cher public. Réflexe de diva !

Elle leva les yeux au ciel en gonflant les joues. Puis lui tourna le dos et dit à Élisa :

— On va danser ?

— Chic, moi aussi, s'écria Jason.

Mélissa le dévisagea avec méfiance :
— Tu ne fais pas le fou, cette fois, hein ?
— Juré !
— Tu n'es même pas en tenue, fit remarquer Élisa.

Il examina son pull et son pantalon flottants.
— Mais si.

« Tu parles ! » songea Mélissa. Elle l'aurait volontiers envoyé au diable, mais comment refuser sa compagnie alors qu'elle présentait le concours grâce à lui ? Ils entrèrent dans la salle et se glissèrent silencieusement au fond, foudroyés au passage par les yeux clairs d'Olivia Karas, le professeur de danse classique.

— C'est une peau de vache, chuchota Élisa.

Mélissa hocha la tête :
— Mais une célébrité. Elle a été première danseuse étoile à l'Opéra de Paris.

— Comme moi, dit Jason.

En pouffant, ils attirèrent l'attention d'un groupe de filles placé devant eux. Elles tournèrent la tête. Parmi elles, Mélissa reconnut Océane.

— Zut, ma cousine !

Elle ne tenait pas à danser devant elle. Dans cette discipline, Océane avait plus d'expérience qu'elle, et elle n'allait pas manquer de la critiquer. Les craintes de Mélissa se confirmèrent aussitôt. Océane se mit à chuchoter à l'oreille de ses amies. Celles-ci dévisagèrent Mélissa d'un air moqueur. Ces filles-là se ressemblaient : elles avaient toutes la même arrogance et la même méchanceté.

— Tu veux que je les vire ? proposa Jason.

Mélissa mit un doigt sur ses lèvres. Elle admirait la jeune danseuse qui se produisait devant Olivia Karas, sur une musique douce et romantique.

— Elle s'appelle Amélie, Amélie Anselme, murmura Élisa.

La jeune fille évoluait avec une grâce particulière.

— Pas mal, apprécia Jason.

Élisa le toisa d'un air ironique :

— Même à l'échauffement, c'est un plaisir de la regarder.

— Je suis sûr que tu danses aussi bien.

Élisa secoua ses boucles brunes :

— Je suis très loin de son niveau, et puis je ne fais pas de danse classique.

Amélie termina en fléchissant son corps à la manière d'une tige. Sa longue tunique s'évasa en corolle.

— Jolie plante ! commenta Jason.

Se désintéressant de la danseuse, Olivia Karas tourna son regard sévère vers le fond de la pièce :

— Vous n'êtes pas dans un salon, rappela-t-elle. Vos bavardages gênent les candidats. Je voudrais que ceux qui n'ont rien à faire ici sortent de la salle.

Une dizaine de spectateurs obéirent sans discuter. Océane et ses amies, elles, restèrent sur place, au grand dépit de Mélissa. « Pourquoi elle ne les expulse pas comme les autres ? » enragea-t-elle. Mais, au lieu de chasser les anciennes, c'est à Mélissa qu'elle s'adressa :

— Vous êtes candidate ?

Dédaignant la convocation que la jeune fille lui présentait, elle ordonna :

— Allez vous échauffer !

Elle se tourna alors vers Élisa :

— Et vous ?

— J'ai l'option modern-jazz.

— Salle voisine !

L'injonction était sans appel. Élisa adressa un sourire désolé à Mélissa avant de s'éclipser. Olivia Karas dévisagea Jason. Son visage aux pommettes hautes et aux yeux verts aurait pu être beau, sans sa maigreur, qui en accentuait la dureté. Le jeune homme soutint sans se troubler le regard glacé qui intimidait tous les candidats. « Une forte tête », eut-elle l'air de penser.

— Je suppose que vous n'êtes pas candidat à la danse classique, vous non plus ? finit-elle par dire avec un soupçon d'impatience.

Jason lui adressa un sourire éblouissant :

— La danse classique, c'est ma spécialité.

— Qu'attendez-vous pour vous mettre en tenue ?

— Je suis en tenue, dit Jason sans se démonter.

Olivia se raidit :

— Je ne supporte pas qu'on se moque de moi !

« Il va se faire éliminer, c'est sûr », pensa Mélissa, consternée.

Chapitre 4
20 août - 12 heures

Au lieu d'exploser, l'ancienne danseuse étoile esquissa un sourire, à la stupéfaction de Mélissa.
— Voyons un peu ton style.
D'un pas tranquille, Jason alla se placer au centre de la salle. Les anciennes et celles qui attendaient leur tour l'observaient avec incrédulité. Jamais personne n'avait osé défier Olivia comme il venait de le faire. Océane et ses amies ne riaient plus. Amélie Anselme en oubliait de se rhabiller. Et Mélissa retenait son souffle en s'échauffant mollement, les mains appuyées à la barre.
Jason prenait son temps, les yeux fermés,

comme s'il puisait en lui l'intense énergie que chaque danseur recherchait avant d'entrer en scène. Allait-il faire le pitre ou bien s'envoler à la façon de Noureïev, le célèbre danseur ? Vu sa morphologie, on aurait plus volontiers parié pour la première hypothèse. Mais, avec lui, comment savoir ?

Il débuta enfin par un extraordinaire numéro de mime. Il devint un pauvre enfant des rues, désireux d'être admis à l'école des riches. Cependant, la porte était fermée, il ne pouvait pas entrer. Le concierge le chassait. Il revenait sans cesse, fasciné par le monde merveilleux entrevu à travers les fenêtres. Derrière les murs hostiles, les élèves dansaient dans la lumière, jouaient du violon, chantaient. À force d'obstination, le miséreux parvenait à se glisser parmi eux. Il rêvait, se mêlait à leur ballet, se prenait pour un prince jusqu'au moment où les maîtres impitoyables remarquaient ce mouton noir et l'expulsaient. Il s'éloignait dans la nuit, tête basse, regard éteint, son rêve détruit.

Tout cela, Jason le racontait avec des gestes évocateurs, et le jeune public, amusé ou ému, se laissait prendre à son jeu. Quand il eut terminé, les élèves se retinrent d'applaudir. Ils attendaient la réaction d'Olivia. Celle-ci pinça les lèvres :

— Original, concéda-t-elle. Dommage que tu te sois trompé de classe.

Simulant l'étonnement, Jason examina le parquet, les barres et les miroirs.

— Ce n'est pas une salle de danse ?
— Pas un théâtre, en tout cas. Ton mime était plaisant, mais hors sujet.

Sans se formaliser, Jason s'assit en tailleur sur le plancher :

— Théâtre, danse, expression corporelle, quelle différence ? L'Art School prêche l'interdisciplinarité. Je n'ai fait que mettre ses principes en pratique. « Le corps doit s'exprimer, quelle que soit la manière », disait une danseuse célèbre. J'ai son nom sur les lèvres... Olivia Karas !

Les candidats se mirent à rire, mais, si elle appréciait la fantaisie, Olivia supportait mal l'insolence.

— Tu es bien gentil de nous rappeler ce qu'on enseigne ici, dit-elle. Maintenant, si tu permets, la récréation est terminée. Candidate suivante !

Elle adressa un geste impératif à Mélissa. Prise de court, la jeune fille n'osa pas avouer qu'elle ne s'était pas assez échauffée. Le spectacle offert par Jason l'avait distraite, au point de lui faire oublier qu'elle allait lui succéder.

Elle s'avança au milieu de la salle, évitant de regarder du côté de sa cousine pour ne pas perdre le peu d'assurance qui lui restait. En quittant les lieux, Jason lui pressa la main. Que n'aurait-elle pas donné en échange d'une parcelle de son culot !

Arrivée devant Olivia, elle lui remit le CD qu'elle avait préparé, en précisant :
— C'est la séquence trois.
Olivia lut le titre à haute voix :
— Barber, *Adagio pour cordes*.

Le prof de danse de Mélissa avait mis au point la chorégraphie. Sans être un génie, il savait inciter ses élèves à accepter leur corps et à améliorer leurs capacités physiques. L'adagio l'avait inspiré. Le tout était de se montrer à la hauteur. Mélissa regarda Olivia éjecter le disque précédent et l'agiter. Amélie se précipita avec grâce pour le récupérer.

Mélissa inspira profondément, concentrant son énergie. La musique de Barber s'éleva, lente et mélancolique. La jeune fille s'élança et, soudain, oublia tout. Ses pas s'enchaînaient presque malgré elle. Elle se sentait si légère qu'elle touchait à peine le sol, elle dansait en plein ciel, au milieu des étoiles.

Jason la regardait, fasciné. Il la savait belle, mais pas à ce point. La danse révélait son être intime, pudique et troublant. Amélie était certainement plus expérimentée, plus parfaite, mais elle n'avait pas cette liberté corporelle qui laissait croire que chacun des gestes de Mélissa était à la fois improvisé et concerté. L'arrogante cousine et ses amies en restaient sans voix. « Essayez un peu d'en faire autant », jubila Jason.

Mélissa s'éleva sans effort et retomba en exécutant un grand écart impeccable. Soudain, elle poussa un gémissement de douleur et resta au sol. Olivia se pencha prestement sur elle.

— Ma jambe, grimaça-t-elle.

— Ne bouge pas, c'est un claquage.

Elle se redressa et ordonna :

— Prévenez l'infirmière !

Jason se rua hors de la salle. Amélie s'agenouilla à côté de Mélissa :

— Ça m'est arrivé l'an dernier. Dommage, tu étais merveilleuse.

— Je vais être éliminée, pas vrai ? se désola Mélissa.

Océane, qui avait daigné s'approcher, regarda sa jeune cousine avec réprobation :

— Tu as trop forcé.

— Elle n'a pas eu le temps de s'échauffer, rectifia Amélie. Elle n'a pas forcé, elle danse divinement.

Océane haussa les épaules avec dédain :

— On voit le résultat !

— C'est dégoûtant, ce que tu dis ! Qu'est-ce qu'elle t'a fait ? s'emporta Amélie.

Une des anciennes intervint :

— Toi, la star, on ne t'a rien demandé.

Olivia Karas interrompit la musique d'un geste sec et ordonna :

— Dehors, vous toutes !

— Nous aussi ? s'étonna Océane.
— Toi, surtout.
— Vous nous avez demandé d'observer les candidats et de donner notre avis, ergota Océane.

Impitoyable, Olivia lui indiqua la porte :
— Vous avez suffisamment prouvé qu'on ne pouvait pas vous faire confiance. Sortez !

Les élèves de deuxième année obéirent en marmonnant. Amélie s'apprêtait à suivre le mouvement quand le professeur la retint :
— Reste avec elle.
— J'ai tout mon temps, dit Amélie en rejoignant Mélissa.

Au même instant, Jason entra, suivi d'une forte femme en blouse blanche.
— Ne te presse pas, surtout ! gronda Olivia.

Jason renifla :
— Je ne savais pas où elle était, cette infirmerie !
— Vu la façon dont tu danses, tu ne risques pas d'en avoir grand besoin.

L'infirmière s'appelait Babette. Elle tâta la jambe de Mélissa.
— Claquage, confirma-t-elle.

Baissant le collant de la jeune fille, elle pulvérisa un analgésique sur la cuisse blessée.
— Même traitement que pour Thierry Henry, plaisanta Jason.
— C'est un danseur ? demanda Amélie.

La question innocente déchaîna le fou rire du garçon :

— On voit bien qu'il n'y a que la danse dans ta vie.

Babette aida Mélissa à se rhabiller.

— Tu peux marcher ?

La jeune fille se releva, mais, au premier pas, elle poussa un gémissement et faillit retomber.

— Je vois, dit l'infirmière.

Soulevant Mélissa comme une plume, elle quitta la salle de danse, suivie de Jason et d'Amélie. Mélissa se mit à pleurer.

— Tu as mal ? s'inquiéta Jason.

— J'ai raté l'épreuve de chant, et maintenant la danse !

— Madame Karas a l'air sévère comme ça, mais elle n'est pas si féroce, dit l'infirmière.

— Il me reste le théâtre. Je n'y arriverai jamais.

— Je vais te remettre sur pied, au moins pour aujourd'hui, promit Babette.

Mélissa laissa échapper un petit rire nerveux :

— J'ai eu l'idée géniale de choisir *Roméo et Juliette*. Une Juliette boiteuse ! Vous imaginez le spectacle ?

Ils atteignirent l'infirmerie. Babette déposa Mélissa sur la table d'examen :

— Tu seras comme neuve !

Elle se tourna vers Amélie et Jason :

— Vous n'avez rien de mieux à faire ?

— Ma dernière audition, c'est le théâtre, dit Amélie. Si tu veux, on reste ensemble.

Jason, lui, se mit à marcher de long en large comme s'il n'avait pas entendu l'injonction de l'infirmière.

— C'est ça, l'idée ! s'écria-t-il. Juliette est infirme, elle a perdu une jambe en dansant le branle. Mais elle est si belle qu'on en oublie sa blessure de guerre...

Il s'empara d'un drap blanc, s'en fit une jupe et déclama :

— Trois mots encore, cher Roméo, et bonne nuit, cette fois ! Si l'intention de ton amour est honorable, si ton but est le mariage, fais-moi savoir demain en quel lieu et à quel moment tu veux accomplir la cérémonie...

Il était si comique que les deux jeunes filles se mirent à rire. Mélissa sentit à peine la piqûre de l'infirmière.

— Tu m'as l'air d'un sacré numéro ! dit Babette. Je devrais peut-être t'administrer un calmant à toi aussi.

— C'est le poison, oui, je le vois, qui a causé ta fin prématurée, enchaîna Jason. L'égoïste ! Il a tout bu ! Il n'a pas laissé une goutte amie pour m'aider à le rejoindre ! Je veux baiser tes lèvres. Peut-être y trouverai-je un reste de poison dont le baume me fera mourir...

Il se pencha sur Mélissa, qui le repoussa.

Babette chassa le garçon hors de l'infirmerie pour avoir la paix, puis elle conseilla à Mélissa :

— Surtout pas d'effort pendant quelques semaines. Du théâtre, si tu veux, mais pas de danse. Repose-toi.

— Du repos, ce n'est pas ce qui va me manquer, soupira Mélissa en songeant amèrement au résultat du concours.

Chapitre 5
20 août - 14 heures

À 18 ans, David Harris n'avait pas encore débuté sa carrière de comédien, en dehors de quelques petits rôles décrochés par-ci par-là, et un peu de figuration au cinéma, notamment dans *Gangs of New York* de Martin Scorsese. Il avait participé à l'écriture d'une pièce d'avant-garde, *Hasard et compagnie*. Mais celle-ci n'avait pas tenu une semaine à l'affiche du théâtre de Harlem où elle était représentée. Alors qu'il passait pour le plus doué d'entre eux, la plupart des jeunes New-Yorkais de son groupe l'avaient devancé. Certains dansaient et chantaient dans des comédies musicales, à Broadway. Un autre allait jouer dans le prochain film d'Oliver Stone. David, lui, projetait d'entrer à l'Actor's Studio, une célèbre école américaine, lorsque sa mère l'avait supplié de venir vivre avec elle à Paris.

Hélène Harris était française. Elle avait vécu quinze ans à New York après son mariage avec Eliot Gardiner. David, leur fils, était né à Paris et jouissait de la double nationalité, américaine et française. Mais il ne jurait que par l'Amérique, Hollywood, Dream Works, les écoles d'art dramatique de New York et Los Angeles, l'effervescence intellectuelle de Greenwich Village. Or, ses parents s'étaient séparés; puis Eliot était mort. David l'avait peu connu. Hélène avait voulu revenir dans son pays natal pour partager la vie de son nouveau compagnon, Bénédict Kazan.

David était décidé à dire non à Hélène. Sa vie, sa future carrière étaient à New York. Mais, d'une part, il aimait passionnément sa mère, et, d'autre part, Bénédict avait su trouver des arguments pour le convaincre de s'installer à Paris. David avait encore en tête leur conversation : « Ta mère a besoin de toi.

– Moi aussi, j'ai besoin d'elle. Mais je dois penser à mon avenir.

– Tu pourras apprendre ton métier en France. L'Art School de Paris est comparable à l'Actor's Studio de New York. »

David avait répondu avec une gentillesse ironique : « Les Français ont du talent, mais peu de moyens. Tout se passe aux États-Unis. Je suis en train d'écrire le scénario d'un long métrage. Je veux le réaliser, et c'est là-bas que je trouverai un producteur.

— Si tu le trouvais en France, ce producteur ?
— Je voudrais bien savoir lequel !
— Moi. »

David avait perçu la proposition comme un piège. Bénédict était riche et généreux, de là à se lancer dans le cinéma ! Ses activités, c'étaient l'industrie, la chimie, l'automobile.

« Pourquoi tu mettrais de l'argent dans mon film ? Tu ne connais même pas le sujet.

— Tu vas m'en parler, et puis, fais-moi confiance, je demanderai l'avis de professionnels. Je suis un homme d'affaires, pas un philanthrope ! »

Ce langage avait rassuré David. Il ne voulait pas qu'on lui offre son film comme un jouet. Ce projet, c'était pour lui l'occasion de révéler son talent. Une occasion unique. Il était prêt à se défoncer pour ça.

« Qu'est-ce que je devrai faire ?

— Continuer à travailler à ton film et suivre les cours de l'Art School.

— Et vivre à Paris, bien entendu.

— Ce n'est pas si désagréable.

– C'est quoi, au juste, cette école ? Des cours de comédie ?

– Pas seulement. On y enseigne la musique, le chant, la danse, toutes sortes de matières artistiques...

– C'est aussi bien qu'on le prétend ? »

Bénédict avait souri : « En toute franchise, je compte sur toi pour me l'apprendre. »

Et, comme David restait interdit, il avait ajouté : « L'école est à moi, en quelque sorte. Elle dépend de la fondation Kazan, dont mon groupe est l'unique donateur. C'est mon père qui a créé l'Art School, il y a dix-neuf ans. Aujourd'hui, cette académie nous coûte les yeux de la tête. Notre groupe a beau être puissant, la conjoncture internationale est difficile, et nos associés voient d'un œil critique les millions d'euros versés chaque année à une institution artistique improductive. Tout ce que je veux, c'est l'opinion d'un étudiant, d'un professionnel. C'est là que tu interviens. »

Flatté, David s'était inscrit à l'académie. Il était l'un des plus âgés à présenter le concours d'entrée. S'il avait été un candidat comme un autre, ce décalage l'aurait humilié. Mais il était différent. Il était là pour contrôler l'école, donner son avis sur l'enseignement, les professeurs, les élèves. Par la même occasion, il montrerait à ces débutants ce dont était capable un Américain.

La prétention de David n'était pas injustifiée,

car il avait un vrai talent d'acteur et d'auteur. Il possédait en outre une qualité précieuse dans l'univers du cinéma : une grande beauté.

Il sortit du théâtre de l'académie, où il s'était faufilé discrètement pour repérer les lieux et jauger les candidats avant son audition. Il espérait y trouver une partenaire capable de lui donner la réplique, mais n'avait pas découvert celle qui lui convenait. La plupart des filles étaient stressées, ingrates ou incapables de lire un texte correctement. Or, il savait par expérience que le jugement qu'on allait porter sur lui serait plus favorable si sa partenaire jouait son rôle au lieu de se contenter de débiter ses répliques.

Il désespérait de découvrir l'oiseau rare lorsqu'il vit s'avancer trois filles, accompagnées d'un garçon de seize ans au physique curieux. Il regarda les filles avec l'indifférence qu'il affectait toujours à l'égard des plus belles. Car elles étaient séduisantes, chacune dans son genre. L'une d'elles attira plus particulièrement son attention. Leurs regards s'étaient croisés à plusieurs reprises depuis le début de la journée. Ce n'était pas une beauté éblouissante, mais elle était fine et jolie, et semblait avoir une sensibilité à fleur de peau. Il l'avait vue rire et pleurer à plusieurs reprises. Chaque fois, elle s'abandonnait à ses émotions de tout son être.

Comme elle passait à côté de lui, il remarqua qu'elle boitait. Ce détail lui apparut comme un signe du destin. Il tourna la tête. Elle se retourna et lui sourit. Sans hésiter, il rattrapa le petit groupe au moment où le garçon, un plaisantin, grondait à l'intention de la fille : « Tu n'as pas honte de draguer comme ça ? »

— Je m'appelle David, dit-il.

— Moi, Mélissa. Voici Amélie et Élisa.

— Moi, c'est Jason, ajouta le rouquin en posant une main possessive sur l'épaule de Mélissa.

David nota avec satisfaction la promptitude avec laquelle elle avait pris ses distances avec son compagnon.

— Tu vas pouvoir jouer ? s'inquiéta-t-il en montrant sa jambe blessée.

— Pas de problème.

Il hésita avant de demander :

— Tu crois que tu pourrais me donner la réplique ?

— Tu n'as pas de partenaire ?

Il était stupéfiant qu'un homme que toutes les filles dévoraient des yeux depuis le matin s'adressât à elle.

— J'arrive des États-Unis. Je ne connais personne à Paris.

— Pauvre petit orphelin ! sanglota Jason.

— Arrête ! ordonna Amélie.

Mélissa se tourna vers ses amies pour suggérer qu'elles pourraient remplir ce rôle beaucoup mieux qu'elle. Mais David ne la quittait pas des yeux. Elle fit un effort pour empêcher sa voix de trembler :

— Tu as le texte ?

Comme s'il n'attendait que ça, il lui tendit un fascicule gris. Elle lut : *Septembre*. Elle connaissait cette pièce d'un auteur russe, Anton Koralski. Le texte était superbe, elle l'avait étudié au collège. Le dialogue était marqué d'un signet. C'était la scène de séparation entre l'héroïne, Olga, et Dimitri, le terroriste. Comme elle se demandait encore pourquoi David l'avait choisie, elle, entre des centaines de filles, elle se souvint : Olga était boiteuse. « Quelle idiote je suis ! » pensa-t-elle.

— Mélissa est crevée ! intervint Jason en la voyant pâlir. Elle a déjà beaucoup de peine à terminer ses épreuves.

— Désolé, dit David.

Il fit mine de reprendre son livre. Mélissa serra celui-ci contre elle et décocha un regard furieux à Jason. « De quoi se mêle-t-il ? » Elle sourit à David :

— Je veux bien, mais à une condition : tu me donnes à ton tour la réplique.

— Qu'est-ce que tu as choisi ?

— *Roméo et Juliette*.

— OK, à condition que tu ne me demandes pas d'incarner Juliette.

Chapitre 6
20 août - 19 heures

Le bâtiment de l'Art School dominait Paris du haut des Buttes-Chaumont. La tante de Mélissa habitait quelques centaines de mètres plus bas, rue Edgar Poe. Les épreuves finies, Amélie, Élisa et Jason raccompagnèrent Mélissa chez elle, tandis que David partait de son côté à bord d'un cabriolet Alfa Romeo.

Ils se baladèrent dans le parc pendant plus d'une heure. Mélissa n'avait aucune envie de quitter ses amis, la gentillesse d'Amélie, la passion d'Élisa, la folie de Jason. En quelques heures à peine, une belle complicité était née entre eux. Et la jeune fille était déchirée à la pensée qu'en échouant à son concours d'entrée à l'académie, elle allait les perdre avant d'avoir pu les connaître davantage.

La soirée était douce, la rue paisible. Sa tante occupait une maison de deux étages, dont la façade arrière donnait sur un jardin. On se serait cru dans une ville de province. Mélissa logeait au deuxième étage, dans une chambre voisine d'un grenier où s'entassaient des jouets, de vieux habits, des malles d'osier et des meubles de jardin. Jadis, la maison avait appartenu à ses grands-parents. Mélissa y avait vécu un certain temps avec ses parents, avant de déménager du côté du Luxembourg. Puis, à la mort de la grand-mère de Mélissa, Louise et Phil avaient repris la maison. Toutes les fois où elle sonnait à la porte, la jeune fille s'attendait à voir paraître sa mère, Alma, ou Julie, sa grand-mère.

Ce fut Louise qui l'accueillit. Elle regarda sa jambe blessée sans marquer de surprise. « Elle sait déjà », se dit Mélissa avec déplaisir. Océane, arrivée avant elle, avait dû relater l'accident à sa manière. On entendait hurler la musique d'un opéra-rock. C'était la façon d'Océane de s'approprier l'espace. Quand elle était là, la maison tout entière lui appartenait.

– Pauvre chou ! murmura Louise en serrant Mélissa dans ses bras.

La jeune fille se crispa. Sa tante avait une

certaine allure, mais elle était rigide et froide. Chez elle, jamais le moindre élan spontané. Ses gestes étaient faux à force d'être étudiés. « Mauvaise comédienne ! » conclut Mélissa.

— Tu as trop donné. Viens t'asseoir.

Dans le salon, Phil fumait la pipe en lisant *Libération*. C'était un homme paisible, gentil et effacé, très différent de sa femme et de sa fille. À la vue de sa nièce, son visage s'illumina :

— Alors, ce concours ? Comment ça s'est passé ?

Louise ne laissa pas à Mélissa le temps de répondre.

— Toujours tes questions idiotes ! Tu ne vois pas comment ça s'est passé ? Elle ne peut plus marcher. Elle a voulu trop en faire, comme toujours !

Du coup, Phil s'alarma :

— Ne reste pas debout.

— Ce n'est rien, protesta Mélissa, agacée. J'ai raté mon écart. Les ligaments ont souffert, mais il n'y a pas de déchirure. L'infirmière m'a fait une piqûre.

— Tu es toute pâle, intervint Louise. J'ai téléphoné au docteur Fayolles. Il passera demain pour t'examiner.

« Elle jubile ! » songea Mélissa avec dépit. Sa « faiblesse » était l'un des arguments de Louise pour la détourner de l'académie. Elle n'était pas taillée pour supporter le dur métier d'artiste. Le pire, c'était que la blessure de Mélissa lui donnait raison. Toute l'année, la jeune fille avait travaillé avec acharnement. « En fonction de tes résultats scolaires, nous verrons », répétait sa tante. Au collège, elle avait obtenu les meilleures notes, sauf en maths. Alors, au lieu de tenir sa promesse, Louise avait jugé sa nièce beaucoup trop brillante pour entrer à l'Art School. « Tu pourras faire Sciences Po, entrer dans une grande école. » Mélissa se fichait bien des grandes écoles. Tout ce qu'elle voulait, c'était danser, chanter, jouer la comédie.

Cette fois, Phil, si faible d'ordinaire, avait réagi : « Elle présentera le concours, on le lui a promis, et elle l'a bien mérité ! » Louise avait dû s'incliner, mais la façon dont elle avait « oublié » de régler les frais d'inscription prouvait qu'elle n'avait pas désarmé.

Et maintenant cet échec, sa déception impossible à dissimuler.

Mélissa prétexta la fatigue pour monter dans sa chambre. Pénétrant à travers la fenêtre ouverte, la fraîcheur du jardin qu'on venait d'arroser tempérait la chaleur des tuiles. La jeune fille coiffa son casque pour échapper au rock assourdissant d'Océane. Étendue sur son lit, les yeux perdus dans le feuillage des marronniers, elle écouta « Solitude », la triste et merveilleuse chanson de

Billie Holiday. Alma la lui chantait autrefois, quand elle avait du chagrin, de sa voix un peu rauque, émouvante. Belle et sombre comme cette nuit d'été.

Chapitre 7
21 août

Mélissa trouva Jason vautré dans l'herbe, au milieu du parc des Buttes-Chaumont. Contrairement à son habitude, il arborait un air tragique, trahissant un échec. À la vue de la jeune fille, il hésita entre le rictus et le sourire.

— Tu es allé aux résultats ? demanda-t-elle.
— Ça ne se voit pas ?

Elle pensa qu'ils avaient échoué tous les deux. Un élan la porta vers lui. Elle s'étendit dans l'herbe et posa la tête sur son épaule :

— Tant pis ! soupira-t-elle. Nous essaierons encore l'an prochain.

Il dégagea son épaule et se pencha sur elle

d'un air railleur :

— Stupide créature femelle, tu ne comprends rien !

— Parce que, toi, tu sais pourquoi on a échoué !

— Non, je sais pourquoi on est reçus !

Elle se redressa d'un bond :

— Ne plaisante pas avec ça !

— Tu te figures que j'ai envie de plaisanter ?

— Si c'était vrai, tu ne ferais pas cette tête d'enterrement !

Il s'emporta brusquement :

— Je n'ai pas envie d'y entrer, moi, dans cette maudite école !

Elle n'arrivait pas à le croire, se disait : « C'est encore une de ses folies ! »

— Si tu ne voulais pas, pourquoi avoir présenté le concours ?

— À cause de mes parents. L'Art School, c'est une erreur monumentale, une machine à briser les rêves...

C'était donc vrai ! Elle prit sa main et le tira avec impatience :

— Tu es allé voir, c'est sûr ?

— Puisque je te le dis ! J'étais même le premier.

— Tu veux bien y retourner avec moi ?

— OK, viens, viens voir ton nom sur l'affiche, cabotine !

Folle d'impatience, elle marchait devant lui

malgré sa jambe blessée, s'arrêtait pour l'attendre. Il faisait exprès de traîner la jambe. Il aimait ses yeux brillants d'excitation, son air excédé. Il ne put s'empêcher de la taquiner comme la veille :

— Je n'étais pas inquiet pour toi. Cette manière d'éclater en sanglots, de boiter, de faire semblant de souffrir. Chapeau, vraiment !

Elle se mit à rire :

— Tu es ignoble !

— C'est toi la comédienne, la menteuse, et moi l'ignoble traître, pas vrai ? C'est comme ce pauvre garçon, David, ta façon sournoise de te pendre à son cou ! « Tu ne veux pas jouer à *Roméo et Juliette*, dis ? »

Elle ne l'écoutait plus. L'académie était là, devant elle. Comme elle entrait dans le hall, deux filles en sortirent en pleurant. Amélie, radieuse, l'embrassa. Quelqu'un la bouscula. Elle ne voyait personne. Trois listes étaient punaisées sur un tableau. Elle lut son nom et s'assit sur les marches du grand escalier, les jambes coupées.

Debout à quelques mètres d'elle, David lui sourit. Elle pointa sur lui un doigt interrogateur. Il répondit par un signe de tête affirmatif : oui, il était reçu, lui aussi.

— Élisa est sur la liste ! annonça Amélie. Même ce fou furieux. Je me demande comment il a fait !

Elle sauta dans les bras de Jason.

— Tu es plus câline que ta copine! grommela-t-il en voyant Mélissa et David échanger des sourires.

Élisa surgit, levant les poings comme un boxeur triomphant:

— On va fêter ça?

— Quel horrible accent! gémit Jason en se bouchant les oreilles.

— Je meurs de faim, s'écria Mélissa.

— Il y a une buvette, en bas, dans le parc.

— Il y a aussi de l'eau dans le caniveau. Venez avec moi, commanda Jason.

Mélissa chercha David. Sa voiture n'était plus au parking. Il s'était éclipsé.

— Nous ne sommes pas du même monde, susurra Jason.

— Mais si, dit la jeune fille. Nous sommes tous de l'académie. C'est super d'être réunis, non?

Jason les conduisit à travers un dédale de petites rues jusqu'à une taverne appelée *La Fiancée du Pirate*. La façade, délabrée, avait une allure sordide, mais la salle intérieure, malgré son obscurité, était chaleureuse et confortable. Ils s'installèrent à l'écart des maraîchers du Pré-Fleuri, qui occupaient la plupart des tables. L'atmosphère sentait le pain grillé et la cannelle. Les croissants étaient dorés, le chocolat fumant.

— C'est merveilleux, je vais pouvoir rester en France ! dit Élisa, la bouche pleine.

— Continue à manger, ton accent s'améliore, grommela Jason.

Amélie éclata de rire, et Élisa faillit s'étouffer. Mélissa était rêveuse.

— Tu es seule, ici, à Paris ? finit-elle par demander.

Élisa souleva son bol, se brûla les lèvres et jura en italien, avant de répondre :

— J'habite chez une vieille cousine, dans le quartier du Marais, grâce à ma mère. Mais mon père et mes frères me harcèlent déjà pour que je retourne à Milan. Ils me téléphonent trois fois par jour. Moi, je n'en ai pas envie. Là-bas, il n'y a pas d'écoles comparables à l'Art School. Ce qu'ils voudraient, c'est que je travaille avec eux. Toute la famille est dans la couture, depuis des générations. Chez les Fornese, c'est une tradition. J'ai fait du stylisme. J'ai été modèle aussi. Enfin, j'ai posé pour des photographes…

Amélie la regarda d'un air admiratif :

— C'est super, non ?

— Pas tellement. Je n'étais pas douée pour ça, et puis je n'avais qu'un seul client, mon père. Je veux devenir chanteuse. Et toi ?

— Moi, c'est la danse.

— Moi, je veux être comédienne, comme ma mère, dit Mélissa. Ma tante a tout tenté pour contrarier ma vocation. Je vis chez elle depuis la mort de mes parents. Il faudrait que je parte, mais je ne sais pas où aller.

— Tes parents sont morts tous les deux ? s'exclama Élisa.

Ils la regardaient tous comme une bête curieuse. Elle trouva leur air apitoyé insupportable.

— C'était il y a longtemps, dit-elle en affectant l'indifférence.

— Cette Olivia, c'est sa fille ? questionna Jason.

— Océane, rectifia Mélissa.

— Si elle ressemble à sa maman, je comprends que tu veuilles changer de vie, ricana le rouquin. Bon, je m'en veux de freiner un si bel appétit, mais nous avons rendez-vous avec Martha !

— Qui est Martha ? demanda Elisa en mettant les bouchées doubles.

— Martha Ferrier, la directrice de l'académie, une femme extraordinaire, expliqua Amélie. C'était une star avant l'accident qui l'a clouée dans une chaise roulante.

— Cette chaise, elle la pilote comme un tank, dit Jason. Il ne fait pas bon se dresser sur son chemin !

Chapitre 8
6 octobre

Plus de six semaines s'étaient écoulées depuis le discours de Martha. Celle-ci avait insisté sur le rythme harassant du travail imposé aux élèves et sur l'interdiction absolue pour eux d'exercer une activité artistique en dehors de l'école. Elle n'avait pas menti : dès le premier jour, ils avaient été emportés dans un véritable tourbillon. Leurs horaires étaient tyranniques, les jours interminables. Au programme général – français, langues vivantes, histoire, mathématiques... – s'ajoutaient les disciplines artistiques, qui exigeaient en principe le plus d'efforts. Les lycéens avaient sept heures de cours par jour en moyenne ; les élèves de l'académie parfois neuf ou dix.

Mélissa n'arrêtait pas. Sa jambe était pratiquement guérie. Dès les premiers temps, malgré sa dispense, elle avait suivi tous les cours de danse. Les chorégraphies étaient enregistrées. Elle empruntait les cassettes et répétait chaque soir dans le grenier de la rue Edgar Poe, jusqu'à ce qu'Océane martèle le plafond.

Qu'il s'agisse de danse, de chant ou de théâtre, le plus doué était sans conteste David. Le jeune Américain aurait pu se produire avec bien des professionnels. Au début, on l'admirait, mais sa manière d'accueillir les compliments, comme s'ils allaient de soi, passait pour de l'arrogance. De plus, son style de vie et sa manie, très américaine, d'étaler sa fortune, son jean Armani, sa montre Cartier, son Alfa Romeo, finirent par susciter l'antipathie.

Cette assurance n'était qu'une façade. En réalité, David se sentait dépaysé et il en souffrait. Les premiers jours, il avait sévèrement critiqué l'Art School en présence de Bénédict :

— Le défaut de l'école, c'est la rigidité. D'un côté, on bourre les élèves de connaissances théoriques ; de l'autre, on brise toute initiative individuelle.

Bénédict s'était fait l'avocat du diable :

— Le rôle d'une école est d'enseigner, non ?

— Enseigner, c'est aussi stimuler la créativité, pousser les étudiants hors des sentiers battus, apprendre à respecter des esprits neufs, malgré leurs insuffisances.

— Beaucoup d'artistes de premier plan sont issus de l'académie.

— Ils avaient de fortes personnalités. Je pense qu'ils ont réussi malgré l'académie, non grâce à elle.

Il devait convenir maintenant qu'il s'était montré injuste, et il regrettait ses paroles imprudentes, face à un homme qui voulait la peau de l'Art School. Aussi, quand on annonça que tous les élèves devaient préparer un spectacle de fin d'année, David prit cela comme un défi. L'idée lui vint de composer une œuvre hybride, mêlant tous les genres et associant la mythologie et la science-fiction. Il en fit part à ses professeurs, qui l'encouragèrent. Cependant, sa tâche la plus urgente consistait à progresser dans certaines matières, comme le français et les maths, où il était loin de la moyenne.

Il se souvint alors de l'existence de Mélissa. Depuis six semaines, il n'avait guère eu l'occasion de lui parler. Il savait seulement qu'elle était la meilleure élève de première année, ce qui l'incita à renouer avec elle. Il la trouva à la cafétéria. Elle y déjeunait en compagnie de ses amis, toujours les mêmes.

— Tu n'es pas trop fatiguée ? demanda-t-il après l'avoir entraînée à une table isolée.

Comme elle faisait signe que non en se demandant où il voulait en venir, il avoua :

— J'aimerais que tu m'aides à travailler mon français.

Mélissa s'attendait à tout sauf à ça.

— Pourquoi tu ne demandes pas à Julie, la prof de français ? Elle est géniale et toujours disponible.

— J'ai besoin de cours particuliers pour rattraper mon retard. J'écris en anglais depuis mon enfance. En français, je ne me débrouille pas trop mal à l'oral, mais à l'écrit, c'est Waterloo !

— Et tu es Napoléon, si je comprends bien ?

En riant, ils se penchèrent en avant et leurs fronts se heurtèrent. Mélissa se rendit compte que toutes les filles de la cafétéria avaient les yeux rivés sur eux. David, le beau ténébreux, était d'autant plus attirant qu'il ne prêtait aucune attention aux ravissantes sirènes de l'académie. Et voilà que le mystérieux séducteur semblait sous le charme d'une petite oie blanche de première année.

— Je veux bien, murmura-t-elle. Mais quand ?

— Le soir, après les cours, c'est possible ?

Mélissa eut un moment d'hésitation. C'était le soir qu'elle travaillait le plus. Puis elle imagina ses heures de tête-à-tête avec David, et plus rien n'eut d'importance.

— D'accord, monsieur.

Il sourit :

— Et les maths ? Tu pourrais aussi… ?

— Pas de problème, mais toi, tu m'aideras pour le chant et le théâtre, OK ?

Il plissa les yeux, avec l'air comique d'un client en train de peser soigneusement l'offre d'un camelot :

— Avec toi, c'est toujours donnant-donnant, pas vrai ?

Il faisait allusion à *Septembre* et *Roméo et Juliette*, leur premier partenariat.

— Je veux, oui ! dit-elle d'un ton farouche.

— Alors, à ce soir ! J'ai vu que la salle 101 était libre à partir de 18 heures.

— Ce soir, déjà ?

— Ça t'ennuie ?

— Pas du tout.

Rassuré, il s'éloigna. Jason s'approcha aussitôt :

— Qu'est-ce qu'il voulait ?

— Travailler avec moi, après les cours.

— Et puis quoi encore !

— J'ai accepté : il a besoin de moi.

— Moi aussi, j'ai besoin de toi. Tu as oublié ?

Il lui avait vaguement parlé d'un projet auquel il voulait l'associer, une idée fumeuse. Jamais elle ne l'avait vu aussi agressif. La colère la fit bégayer :

— S'il s'agit de ton spectacle de fin d'année, je te trouve sacrément gonflé ! Tu devais m'en dire plus. Or, pas un mot depuis quinze jours. Il faut être à la disposition de monsieur. Je te signale que j'ai autre chose à faire !

Chapitre 9
30 octobre

Mélissa et David travaillaient ensemble de 18 heures à 20 heures, les lundi, jeudi et vendredi. Ces heures-là étaient pour la jeune fille de purs moments de bonheur. Le jeune Américain savait se montrer doux et charmant, et, en échangeant ses passions contre les siennes, elle avait l'impression de partager sa vie. Malgré ses lacunes, il apprenait vite.

Les premières semaines, il se borna à recopier les phrases que Mélissa lui dictait. Puis il put rédiger ses dissertations. La jeune fille se contentait de corriger ses fautes.

Vers 19 heures, ils abandonnaient le français et

les maths pour se consacrer au chant. D'élève, David devenait professeur. Avec lui Mélissa fit des progrès.

— Place ta voix. Tu vois, l'air doit filtrer entre tes cordes vocales. Pour amplifier le son, il faut conserver de l'air en réserve, ici.

Il appuyait sa main sur le ventre de Mélissa.

— Empêche ton muscle de remonter. Comme ça, oui. En haut, tu es trop crispée. Desserre ton larynx, détends-toi. Le son doit jaillir librement. Il faut ni le laisser échapper, ni l'étouffer. C'est une question d'équilibre.

Il était attentif, pointilleux et avare de compliments. De temps en temps, il disait « c'est bien », et Mélissa était radieuse. Avant les cours d'art dramatique, il l'aidait à préparer ses textes, lui donnait la réplique, étudiait avec elle chaque attitude, travaillait la moindre intonation. Grâce à lui, elle prenait de l'assurance. Leurs professeurs, Guillaume et Sacha, le premier porté vers le cinéma, le second vers le théâtre, étaient tous deux excellents. Mais c'est David qui révéla à Mélissa sa vraie nature. « Tu es une romantique avant tout. Tu es faite pour incarner des amoureuses et chanter comme Véra Wilson. »

Même prononcés sans arrière-pensée, ces mots étaient doux au cœur de Mélissa. David, lui, ne se préoccupait que de positionnement artistique. En dehors de l'académie, il continuait à disparaître selon son habitude. Il sortait de sa vie, et elle ne savait toujours rien de lui. Chaque soir, il tenait à la raccompagner. Il la quittait au coin de la rue Edgar Poe. Quand elle lui demandait où il habitait, elle avait droit à un geste évasif et quelques mots laconiques : « Du côté des quais. »

S'il se montrait plus bavard, quelquefois, c'était pour parler de ses projets personnels, de son avenir. Il travaillait au scénario d'un long métrage, *Jeunes années*, inspiré de l'adolescence d'un écrivain américain dont elle ignorait tout. Il rêvait d'interpréter le rôle principal, car le personnage lui ressemblait.

– Auteur et acteur, pour un premier essai !

L'exclamation de Mélissa trahit son incrédulité.

– Et réalisateur, ajouta-t-il, comme si la chose coulait de source. Mais, auparavant, il y a *Jupiter*. C'est peut-être stupide, mais je tiens à ce projet.

– C'est loin d'être stupide, c'est magnifique ! protesta Mélissa avec ferveur.

Tout le monde s'accordait à reconnaître la valeur du projet, même Jason, qui jugeait pourtant l'Américain prétentieux et mégalomane. « Jupiter, le maître des dieux, voilà qui convient à son ego ! »

– Tu écris pour lui, cependant, avait répondu Mélissa, narquoise, sachant que David avait convaincu le faune de travailler aux paroles de ses chansons.

— Tout le monde peut commettre une erreur. Son idée m'a séduit, j'en conviens. Il prétendait aimer mes chansons. Je crois, en réalité, qu'il s'agissait d'un prétexte pour éliminer un rival. Il n'ignore pas que je travaille sur un projet concurrent.

Ce projet, dont Jason parlait souvent depuis des semaines, ne voyait jamais le jour, et Mélissa finissait par douter de son existence. Ce qu'elle voulait, c'était jouer avec David. Sa jambe guérie, elle avait commencé les cours de danse et rattrapé son retard en quinze jours à peine. Olivia Karas semblait satisfaite de son comportement, et Joss Roudinesco, qui enseignait le modern-jazz, ne tarissait pas d'éloges à son propos.

Pour ses ballets, David avait choisi Amélie et Élisa. Il commençait à répéter avec elles lors de courtes séquences. Mélissa savait qu'il avait besoin d'une troisième partenaire. Pourquoi pas elle ?

Elle n'osait pas lui proposer de danser pour lui, mais son insistance à lui parler de son *Jupiter* devait lui faire comprendre qu'elle en mourait d'envie.

Un soir, elle crut qu'il allait enfin se décider.

— J'ai parlé de toi avec Sacha, dit-il. Selon lui, tu es son meilleur élément.

Le compliment la fit rougir de plaisir :
— Grâce à toi, David.
— Non. Je t'aide à prendre confiance en toi, c'est tout. Quand tu es en scène, tu deviens aussitôt différente. Tu es littéralement possédée par ton personnage.

Le sourire mystérieux de David ressemblait à une promesse. Ce soir-là, il raccompagna Mélissa, comme à l'accoutumée. Mais, au lieu de la laisser à l'angle de la rue, il la déposa devant chez elle. Puis, au moment où il disait adieu, il l'embrassa sur les deux joues. Ce geste d'amitié n'avait en soi rien d'exceptionnel : tous les élèves de l'Art School le pratiquaient chaque jour sans y prêter attention. David, lui, ne le faisait jamais. On aurait dit qu'il refusait tout contact intime avec les filles. C'est pourquoi, ce soir-là, Mélissa prit ces baisers pour une manifestation de tendresse.

Après son départ, elle gagna immédiatement sa chambre avec l'intention de se plonger dans l'exposé sur l'art baroque qu'elle devait préparer pour la semaine suivante. Assise à son bureau, elle se prit à rêver, obsédée par ce garçon compliqué, déconcertant et malgré tout fascinant. Lorsqu'on l'appela pour le dîner, elle s'aperçut qu'elle n'avait pas ouvert un livre.

En présence des autres, elle évitait de parler de l'académie, sauf si on l'interrogeait. Phil lui posait parfois des questions. Louise manifestait sa réprobation en feignant de se désintéresser de ses études. Quant à Océane, elle ne parlait que d'elle, de ses projets, de ses succès. Mélissa l'écoutait à peine. Elle connaissait par cœur le récit de ses conquêtes et de ses exploits. Une véritable biographie de star !

Ce soir-là, cependant, elle ne put s'empêcher de la trouver particulièrement séduisante. Océane avait libéré ses cheveux noirs, qui lui tombaient au creux des reins. Un léger maquillage faisait ressortir le bleu de ses yeux. Son pull de soie épousait sa poitrine ronde. Une vraie beauté.

— Je commence à travailler sur un nouveau spectacle, annonça-t-elle.

— Et *West Side Story* ? s'étonna Louise.

— J'abandonne, c'est trop ringard.

— C'est un classique.

— De ton époque ! répliqua Océane avec un rire de mépris. J'ai trouvé beaucoup mieux, une œuvre originale, la création d'un élève de première année. Quand il est venu me proposer de danser pour lui, j'ai d'abord refusé. Puis, en lisant son projet, je me suis aperçu qu'il avait du talent. C'est un jeune Américain.

En disant cela, Océane regarda sa cousine avec insistance. « Non, il n'a pas fait ça ! Pas David ! » supplia Mélissa. Mais sa cousine poursuivit impitoyablement :

– Il s'appelle David Harris. Et son spectacle s'intitule *Jupiter*. J'incarnerai Aphrodite, la déesse de l'amour. Une Aphrodite moderne, plus proche d'une star de cinéma, style Catherine Zeta Jones dans *Chicago*, que de la divinité antique. David manque d'expérience, c'est pourquoi il a fait appel à moi. Je crois que je pourrai l'aider.

Mélissa pâlit. Tous ses espoirs s'effondraient. Si David avait choisi une autre partenaire, n'importe laquelle, elle aurait été cruellement déçue, mais elle l'aurait admis. Tandis qu'en lui préférant Océane, il lui infligeait une humiliation, une blessure dont elle ne guérirait jamais. Sa cousine n'ignorait pas qu'elle retrouvait souvent David, le soir. À l'école, bien des filles fantasmaient sur leur intimité. C'est pourquoi Océane était si triomphante : elle avait séduit l'homme dont sa cousine était amoureuse.

Mélissa refoula ses larmes. Elle ne voulait pas offrir à sa rivale le spectacle de son chagrin. Elle demanda d'un ton détaché :

– Tu es sûre que ce n'est pas toi qui lui as proposé de danser pour lui ?

Océane sourit avec innocence :

– Non, c'est lui. Mais, au fait, vous êtes très copains, ce garçon et toi !

– Ce garçon a un an de plus que toi, je te signale.

La fille de Louise prit l'air condescendant :

— Il se conduit comme un gamin. Tu l'aurais vu : il était tout intimidé en me faisant sa demande. C'est tout juste s'il ne rougissait pas ! Je ne sais ce que vous faites ensemble, mais...

— Je lui donne des leçons de français, c'est tout.

— Eh bien, moi, je lui donnerai des leçons de danse. Ça ne sortira pas de la famille, gloussa Océane. Dommage que tu ne fasses pas partie de la troupe. Ce serait amusant de danser tous ensemble.

Cet air narquois ! Mélissa l'aurait giflée.

La jeune fille en voulait à David. Il n'avait pas le droit de la traiter ainsi ! Elle était aussi furieuse contre Élisa et Amélie, qui ne lui avaient rien dit. Elle ne comptait pour personne. Et ce dîner qui n'en finissait pas ! Océane parlait encore. Elle n'avait jamais été aussi bavarde, ni aussi belle. Elle avait un regard troublant, dansait à ravir. « Elle possède tout ce que je n'ai pas », pensa Mélissa avec désespoir. Elle devait se rendre à l'évidence : David ne l'avait pas trahie, car il ne lui avait rien promis. Et il avait eu raison de choisir Océane. Sa cousine était plus douée qu'elle.

— Je suis certaine que tu feras une merveilleuse Aphrodite, dit-elle avec sincérité.

Chapitre 10
31 octobre

Il faisait froid. La pelouse était humide, jonchée de feuilles pourrissantes. Ils s'assirent sur un banc. Mélissa, glacée jusqu'aux os, regrettait d'avoir accepté d'accompagner Jason. « Un jardin désert et glacé comme son cœur », ces mots d'un poète anglais lui revinrent en mémoire.

— Mon projet est au point, je crois, et je voudrais qu'on bosse ensemble, dit le garçon.

— Toujours ton fameux spectacle ? Je croyais que tu faisais équipe avec David.

— Pas du tout !

Elle le dévisagea avec étonnement :

— Tu n'écris pas les textes de ses chansons ?

Il pencha vers elle sa tête de faune antique :

— J'ai continué à écrire pour lui, c'est exact. Mais il ne comprend rien à la poésie. Il passe son temps à tout modifier. Une vraie catastrophe ! Ce hamburger sonore ne m'intéresse plus. De toute manière, j'ai mon propre projet. Le sien est intéressant, le mien est génial.

— Ben voyons ! Et c'est quoi, au juste ?
— Toi. C'est toi !

Encore une de ses lubies ! Elle se leva, à bout de patience. Il lui saisit le poignet.

— Attends, je vais t'expliquer. Le drame s'intitule *Les soleils virtuoses*. Il s'agit d'une réflexion sur le mythe d'Icare…

— C'est ça, ton idée originale ? Icare, Jupiter… Décidément, on est en pleine mythologie !

— Laisse-moi finir, exigea-t-il en la forçant à se rasseoir. Icare, c'est ce fils de Dédale qui a voulu voler trop près du soleil. Son père avait fixé ses ailes avec de la cire. Au contact des rayons, la cire a fondu. Privé de ses ailes, le héros est tombé dans la mer, où il s'est noyé…

— Ça, je sais, merci, dit Mélissa, excédée.

— Icare, tel que je le conçois, évoque l'éveil d'une artiste, une élève de l'académie. Elle prend son vol, s'élève de plus en plus haut. La gloire l'attire. Elle veut aller trop vite, trop haut. Le soleil du succès la grise et lui brûle les ailes. Elle retombe, la foule l'engloutit. Je veux un personnage, un seul, capable d'incarner le génie de l'académie, la musique, le chant, la danse, le rire, la tragédie, la grâce, la beauté. Et ce personnage, je l'ai trouvé ! Ce sera toi, Mélissa.

Devant l'air convaincu de Jason, la jeune fille partit d'un rire nerveux, interminable. Lorsqu'elle se fut calmée, son visage enfoui dans ses mains, Jason poursuivit d'une voix fiévreuse :

— J'ai déjà bien avancé. Le spectacle comportera vingt-huit séquences. Les voici.

Il posa un épais cahier sur les genoux de Mélissa.

— Tu me diras ce que tu en penses, mais je suis sûr que le rôle va t'enchanter. Tout ce que je te demande, c'est de le lire. Tu peux faire ça pour moi ?

Comme elle ne répondait rien, il ajouta :

— Bien sûr, c'est dément comme idée. Il y a du rire, de la fantaisie, de l'amour, de l'émotion, beaucoup d'émotion. C'est ainsi que je te vois, seule en scène, passant d'un registre à l'autre, entraînant le public dans un rythme fou. J'ai tout prévu, tu verras. Je sais à qui confier la partition. Je m'occupe des textes. J'ai déjà commencé. Tu trouveras à la fin les mélodies, les chansons, ce ne sont que des ébauches. On peut faire un essai quand tu veux, c'est toi qui décides...

Il ouvrit le cahier et détacha les derniers

feuillets pour lui indiquer les morceaux les plus intéressants. Quand il s'enthousiasmait ainsi, ses traits disgracieux devenaient presque beaux.

— Laisse-moi respirer, supplia-t-elle.
— Tu promets de le lire ?
— Mais oui !

Après l'amère déception de la veille, elle avait encore de la peine à sourire. Mais le projet de Jason la flattait, même si sa démesure le rendait irréalisable. Elle avait un besoin urgent d'être appréciée et aimée. Jason avait beau être indiscret, exaspérant, épuisant, c'était un être généreux. Il avait veillé sur elle depuis le premier jour. Il l'avait aidée, encouragée. Son projet tombait à pic : David ne l'avait pas jugée digne de jouer dans sa comédie musicale. Amélie et Élisa s'éloignaient d'elle. Océane l'avait humiliée. Elle était prête à se battre pour leur prouver qu'elle valait mieux que l'opinion qu'ils avaient d'elle.

Comme ils s'abîmaient l'un et l'autre dans leurs pensées, la pelouse fut soudain envahie par les élèves de troisième et quatrième années. Les nouveaux venus prirent possession des bancs, comme si le jardin leur appartenait. Ils avaient résisté aux sévères sélections de l'Art School et affirmé leur talent, formant une caste dont les débutants étaient exclus.

— On ferait mieux de rentrer, grommela Jason.

Mélissa consulta sa montre :

— Le cours d'anglais est dans cinq minutes, et je n'ai rien révisé !

À l'instant où ils quittaient les lieux, un étudiant se détacha du groupe de dernière année et rejoignit Mélissa. La jeune fille reconnut Angelo Linarès, le comédien le plus doué de l'école.

— Sacha t'a parlé de moi ? demanda-t-il.
— Non.

En réalité, c'était David, et non Sacha, qui lui avait parlé d'Angelo.

— Je monte une pièce d'un auteur norvégien, Heinrich Jeanssen, une œuvre passionnante, expliqua-t-il. Il se trouve que je t'ai vue jouer. Je crois que tu corresponds à l'un de mes personnages, Erika. Bien sûr, tu manques encore d'expérience, mais avec du travail on pourra remédier à ça.

Deux jours plus tôt, le ton protecteur d'Angelo lui aurait semblé naturel, et sa proposition l'aurait remplie de fierté. Elle le compara à David et le trouva insupportable.

Elle secoua la tête d'un air désolé :

— Tu es gentil, mais tu as raison de le souligner, je suis encore débutante. J'ai peur de ne pas être à la hauteur. De plus, je n'aurai pas le temps de répéter, car je travaille déjà sur un projet important.

Elle lui montra le dossier des *Soleils virtuoses*. Angelo, qui ne s'attendait guère à un refus, prit l'air indifférent, mais on le sentait ulcéré. Elle lui adressa son plus beau sourire :

— Merci, c'était vraiment sympa.

Jason la raccompagna en silence jusque dans le hall de l'académie. Là, il tourna vers elle un visage radieux :

— Toi, je t'adore !

Chapitre 11
15 novembre

Le lendemain, à peine entrée à l'Art School, Mélissa se mit à la recherche de Jason. Elle avait lu son scénario durant une partie de la nuit. Comme elle s'y attendait, c'était une œuvre folle, impossible à définir, entre drame, comédie, ballet, show grandiose, une sorte de tempête, avec ses flashes et ses accalmies, ses éclairs et ses arcs-en-ciel. Cependant, l'ensemble était organisé, mesuré, minuté. Jason avait accompli un travail stupéfiant. Le résultat était magnifique et terrifiant. « Jamais je n'y arriverai », c'est ce qu'elle voulait lui dire, avec l'espoir inavoué qu'il insisterait suffisamment pour qu'elle consentît aux premières répétitions. Elle brûlait d'essayer.

Jason était absent : personne ne l'avait vu. Mélissa en fut surprise. Impatient comme il était, il devait bouillir dans l'attente de sa réponse. « Il est peut-être malade », se dit-elle.

Le lendemain, comme il ne revenait pas, Mélissa se rendit chez Isabelle Michelet, la secrétaire de l'école.

— Jason Masur ? Ah oui, ton ami, le phénomène !

Elle consulta le cahier d'absences.

— C'est ce que je pensais : il a obtenu une permission de quarante-huit heures.

— Une permission, comme à l'armée ?

— Pour jouer au théâtre. C'est la directrice qui a signé l'autorisation.

— Mme Ferrier ? s'exclama Mélissa. Je croyais qu'elle nous interdisait de nous produire en public !

Isabelle se mit à rire :

— Il a dû se montrer aussi persuasif que le jour où j'ai accepté de t'inscrire sur les listes !

Mélissa se sentit flouée. Disparaître ainsi, sans un mot, sans la moindre allusion à sa représentation ! Il n'avait pas jugé utile de l'informer. En revanche, quand il avait besoin d'elle pour ses *Soleils virtuoses*, là, il était intarissable. Eh bien, qu'il revienne ! Elle prétendrait qu'elle n'avait pas eu un instant à consacrer à son précieux scénario.

Jason reparut le lendemain. Mélissa le trouva à la cafétéria, en train de plaisanter avec des élèves de deuxième année, comme s'il ne s'était rien passé. Il se tourna vers elle et dit: « Salut! » Elle répondit: « Salut! », mit une pièce dans le distributeur, prit son gobelet de café et se plongea dans un bouquin. Au bout de quelques minutes, Jason la rejoignit:

— Tu n'es pas très bavarde, ce matin.
— Toi non plus.

Elle tourna une page sans lever les yeux. Il s'étonna:

— Moi?
— Tu aurais pu me parler de ton rôle au théâtre, non?

Il haussa une épaule dédaigneuse:

— Un spectacle de rien du tout! Tu as eu le temps de lire mon scénar?
— Non.
— Tu ne peux donc pas me dire ce que tu en penses?
— Belle déduction!
— Dommage! J'ai commencé les répétitions, et je me pose des questions.
— Les répétitions?

Du coup, elle referma son livre.

— Oui, avec Nicole.

— Tu veux dire... avec une danseuse ? suffoqua-t-elle.

Il soupira, résigné :

— J'ai senti tout de suite que l'idée ne t'emballait pas. Je te connais : tu aurais accepté de m'aider par pitié. Du style : « Pauvre vieux, si je ne le fais pas, il va se retrouver tout seul avec son spectacle bidon. » Et ça, je ne le voulais pas !

— Tu te fiches de moi ?

— Pas du tout. Je l'ai relu, c'est compliqué, complètement tordu. C'est pour ça que je n'arrive à rien avec Nicole. Chanter et danser à la fois sur deux rythmes différents, c'est impossible. Seul un dingue comme moi pouvait l'imaginer ! Tu sais ce que je devrais faire ? Balancer cette nullité au panier et recommencer.

— Tu ne vas pas renoncer au premier obstacle ! s'emporta Mélissa. Quand tu parles de deux rythmes différents, je suppose que tu fais allusion à la lutte d'Icare et du soleil. Il suffit de dissocier les deux, comme des battements d'ailes, tu comprends ?

Une lueur d'ironie brilla dans les yeux de Jason :

— Je croyais que tu ne l'avais pas lu, ce scénar ?

— Je l'ai feuilleté.

— Menteuse !

— Tu peux parler, toi ! Avoue que tu n'as rien demandé à Nicole.

— Tu crois ça ?

Il appela :

— Nicole !

Une jeune fille brune quitta le groupe des élèves de deuxième année et s'approcha d'eux.

— Tu n'oublies pas pour demain ?

— Ne t'inquiète pas, tout sera prêt, promit Nicole.

— Tu es super.

— Félicitations pour Icare, dit Mélissa en se forçant à sourire.

— Icare ?

La fille la dévisagea, interdite.

— Icare ? répéta Jason en jouant la surprise.

Mélissa comprit qu'il s'était moqué d'elle. Si Nicole existait bel et bien, elle n'avait jamais entendu parler du projet de Jason.

— Demain, elle doit me refiler ses cours de théâtre, expliqua Jason après le départ de Nicole.

Mélissa ne put s'empêcher d'éclater de rire :

— Tu es une belle ordure ! Je ne sais pas ce qui me retient de te planter là !

— Le génie, c'est le génie. Je suis génial, on n'y peut rien. Maintenant, dis-moi la vérité : le scénar t'a plu ? Et les textes ?

— Tu devrais proposer le rôle à une autre.

Il pianota sur la table d'une main nerveuse :

— Le spectacle est conçu pour toi. Aucune autre fille ici ne pourrait incarner Icare. Tu es la seule.

— Pourquoi pas un garçon ?

— Ils ne m'inspirent pas. Toi, si.

— Ta chanson « Brûle mes yeux, brûle mes lèvres » n'était pas destinée à un garçon ? plaisanta Mélissa.

Jason s'impatienta :

— Tu as envie d'essayer, oui ou non ?

— Je crois.

— Qu'est-ce que ça veut dire : je crois ?

— Que j'ai peur. Peur de ne pas y arriver, peur d'être grotesque !

À cet instant, David vint s'installer à leur table. Il sourit à Mélissa :

— On travaille le français, ce soir ?

— Ce soir ?

Elle avait refusé déjà à plusieurs reprises et songeait à lui dire qu'elle n'avait plus une minute à lui consacrer. Au lieu de cela, elle s'entendit répondre :

— Si tu veux.

Aussitôt, Jason intervint :

— Tu oublies que nous allons au spectacle !

Mélissa lui lança un regard stupéfait. Il cherchait à l'éloigner de David. Après tout, ce n'était pas plus mal. Il fallait que l'autre comprenne qu'on ne pouvait pas toujours recevoir sans

jamais rien donner. Elle se frappa le front :
— C'est vrai, excuse-moi !

Trois heures plus tard, en sortant la dernière des vestiaires, après un cours de danse, Mélissa entendit une voix familière chanter dans une salle voisine. La porte était ouverte. Elle jeta un coup d'œil à l'intérieur. Elle avait cru reconnaître David, et ne s'était pas trompée. C'était bien sa voix chaude et troublante. Sa chanson était fort belle. Autour de lui, trois filles dansaient : Élisa, Amélie et Océane.

Mélissa comprit qu'ils répétaient une scène de *Jupiter*. Poussée par la curiosité, elle se glissa à l'intérieur sans se faire remarquer.

Le ballet semblait magnifique. Les danseurs avaient dû répéter bien des fois déjà, car leurs enchaînements étaient presque parfaits. Élisa avait fait des progrès étonnants. Amélie était toujours aussi gracieuse. Mais la plus douée était sa cousine. Océane ne se contentait pas d'avoir une technique remarquable. Elle était belle et communiquait sa beauté au spectacle.

Soudain, David interrompit la répétition :

— Stop ! Ça ne va pas, c'est trop lent, trop relâché. Ça manque de vie. Vous dormez, ma parole !

— C'est toi qui n'es pas en rythme ! riposta Océane. Tu devrais t'observer avant de critiquer les autres. Et puis revoir ta chorégraphie.

— Qu'est-ce qui te déplaît dans cette séquence ?

— Tout, si tu veux le savoir : le sujet, la mièvrerie, mon personnage. Je n'ai pas envie d'être tarte !

— Ton personnage ! ricana Ludovic Bernaudin, surnommé Ludwig, qui avait composé la musique et les accompagnait au piano. Ton personnage n'a pas besoin de chanter et de danser pour être tarte !

Océane se tourna comme une furie vers le musicien :

— Toi, ta gueule !

Mélissa sortit en vitesse. Dans le couloir résonnèrent encore longtemps les éclats de la dispute. Sa cousine ne changerait jamais ! Son orgueil et sa méchanceté étaient incurables. « Pauvre David ! En choisissant Océane, il a cru cueillir une fleur et il se retrouve avec une vipère à la main. Il l'a bien cherché. Pourtant, son ballet mérite mieux ! » soupira-t-elle en s'imaginant dans le rôle d'Aphrodite.

Chapitre 12
17 novembre

Le « Petit Théâtre du Roy d'Espagne » portait bien son nom. Il ressemblait à l'un de ces lieux de comédie que l'on rencontrait à Versailles, Vienne ou Madrid, pour distraire la Cour et rendre hommage au roi. C'était un décor d'un autre temps, avec un plafond peint, des loges drapées de velours grenat, des statues antiques, des candélabres de bronze et des motifs de bois doré.

Vu de loin, ce théâtre était somptueux. De près, il évoquait un très vieil artiste au visage crevassé masqué d'emplâtres. Ses ors usés avaient été badigeonnés d'une peinture jaune, qui partait en écailles. Ses velours étaient râpés jusqu'à la trame. Ses lustres avaient perdu leurs larmes de cristal. Ses sièges grinçaient et ses planchers craquaient.

Jason fit asseoir Mélissa au premier rang.

— J'aime beaucoup cet endroit, murmura-t-elle.

Elle était sincère. C'était ainsi qu'elle concevait le théâtre : un lieu ancien, peuplé de milliers de personnages, résonnant de rires et de sanglots, et gardant en mémoire les répliques échangées par des célébrités disparues.

Avec son habit de velours noir et sa perruque bouclée, Jason ressemblait à l'un de ces personnages.

— Tu vas jouer ? demanda-t-elle.
— Pas ce soir.

Cela signifiait qu'il s'était produit ici la semaine précédente, et peut-être maintes fois auparavant. Elle avait cherché à savoir ce qu'il faisait sur scène. Il s'en était tiré par une pirouette : « Des trucs marrants. »

— C'est quoi, cette surprise ? Dis-moi !
— Tu vas voir.

Les spectateurs entraient et s'installaient. Ils n'étaient pas nombreux. Pour calmer l'impatience de Mélissa, Jason expliqua :

— C'est une pièce intitulée *Le petit réveil*, une réflexion sur le temps qui passe, les caprices de la vie et les surprises de l'amour.

Il ne put en dire davantage; on frappait les trois coups, comme dans les théâtres de jadis. La lumière s'éteignit, le rideau se leva. Le décor représentait une chambre. On voyait un grand lit et un fauteuil. Dans le lit, une femme s'éveillait; sur le fauteuil, un homme dormait à poings fermés.

La femme se leva et secoua le dormeur. Que faisait-il dans sa chambre? L'homme la regarda hébété. Que faisait-elle dans la sienne?

Après dix minutes de ce dialogue absurde, on comprit que les deux personnages se connaissaient depuis longtemps, et qu'ils revivaient sans cesse les circonstances de leur rencontre pour empêcher le temps de passer, et leur passion de s'éteindre.

Le dialogue était plein de vivacité et d'imagination. Le public riait beaucoup. Pourtant, derrière la drôlerie des situations et des répliques, on percevait une profonde mélancolie.

— C'est génial! s'exclama Mélissa lorsque le rideau retomba après plusieurs rappels. Je ne connaissais pas cette pièce!

— Personne ne la connaît, dit Jason. D'ailleurs tout le monde ignore l'existence du « Petit Théâtre », en dehors des habitués.

— C'est un lieu magique! Il faudrait en parler, inviter les journalistes, faire venir la télévision...

Jason sourit avec une ironie un peu triste:

— Il n'y a que les fantômes pour s'intéresser au « Petit Théâtre du Roy d'Espagne ».

— J'aime bien les fantômes, dit Mélissa avec conviction. En tout cas, les deux acteurs sont bien vivants, eux.

— Luc Maurras et Aricie Valmont? Ils sont fabuleux, et ils écrivent eux-mêmes leurs textes. Tu veux les rencontrer?

— On peut, tu crois?

— On peut essayer.

En sortant du théâtre, Jason poussa une petite porte de fer, l'entrée des artistes, et guida Mélissa dans un labyrinthe de couloirs obscurs, vers une suite de loges sous les toits. Sur l'une des portes, on avait inscrit « Minos ». C'était le nom du juge des enfers. Jason frappa; une voix rieuse répondit: « Entrez! »

La pièce, plus chaleureuse que les corridors, sentait le tabac et la lavande. Aricie, en peignoir blanc, se démaquillait devant un miroir, tandis que Luc, en survêtement, lisait en fumant un cigarillo.

— Mes parents, annonça Jason.

Puis, poussant devant lui sa jeune compagne, surprise, il ajouta, satisfait de son petit effet:

— Voici Mélissa.

Aricie se précipita vers la jeune fille et la serra dans ses bras:

— Jazz ne cesse pas de parler de vous, mon ange.

— Vous avez de la chance, soupira Mélissa. À moi, Jason ne me dit jamais rien, ni de lui ni de vous !

— C'est vrai qu'elle est ravissante ! murmura Luc en l'étreignant à son tour.

— Je n'ai pas dit « ravissante », grogna Jason. J'ai dit « pas mal », et ce n'est pas parce qu'on va lui coller des ailes dans le dos qu'elle deviendra un ange. C'est une ambitieuse, une frimeuse, Icare tout craché.

Mélissa fit la grimace :

— Tu peux déjà te mettre en quête d'une autre partenaire.

— Belle réplique ! apprécia Luc en riant.

Il ressemblait à Jason d'une manière extraordinaire. C'étaient les mêmes traits asymétriques, la même allure de bélier, à laquelle l'âge et le poids donnaient une puissance agreste. Aricie, elle, était svelte, et son corps mince conservait une jeunesse étonnante.

— J'ai beaucoup aimé *Le petit réveil*, dit Mélissa. Regardez, j'ai les mains encore toutes rouges d'avoir applaudi !

— Ah, c'était vous ! s'exclama Luc. Princesse, rappelle-moi de réserver une place à cette jeune personne chaque soir.

Aricie approuva chaleureusement.

— Une place, c'est bien, dit Jason. La scène, ce serait encore mieux.

— La scène ? Que veux-tu dire ?

— Pour répéter *Les soleils virtuoses*, on aura besoin d'un espace.

— Il ne doit pas en manquer, à l'académie.

— Le moment venu, je voudrais travailler en dehors de l'école, avec des éclairages. Et puis l'atelier des décors est déjà saturé. Or, j'ai besoin de toiles.

Luc jeta un coup d'œil interrogateur à Aricie :

— On peut toujours demander à Donadieu ?

— Donne à Dieu, un nom prédestiné pour un directeur de théâtre ! plaisanta Jason.

— En attendant, j'aimerais bien prendre connaissance de tes *Soleils*, dit Luc.

Jason secoua une tête obstinée :

— Le mois prochain. Pour le moment, c'est encore un monstre.

Luc s'adressa à Mélissa :

— Vous avez lu son texte, je suppose.

La jeune fille fit la moue :

— Ce monstre-là m'épouvante !

— Tu prétendais que c'était génial, grogna Jason.

Mélissa adressa un regard de détresse à Aricie :

— Justement, le rôle m'écrase. Il a besoin d'une artiste plus expérimentée.

— Le spectacle est conçu pour toi, s'entêta Jason. Si tu refuses, je renonce aussi.

— C'est du chantage !

— Et tu n'as encore rien vu, ma vieille !

Aricie observait leur échange avec amusement. Soudain, elle dit :

— Vous savez, Jazz a beaucoup de talent !

— S'il te plaît, maman, protesta Jason. Mélissa me connaît, elle me voit ramer tous les jours !

— Ses sketches sont remarquables, poursuivit Aricie, imperturbable. Et c'est un bon acteur.

— C'est pour ça qu'on m'a envoyé à l'école contre mon gré, grommela Jason.

— Parfois, sa folie l'emporte beaucoup trop loin, dit Luc. C'est important, la folie, mais il faut apprendre à la discipliner... Vous n'avez pas une petite faim, vous ?

Aricie fit entendre un rire joyeux :

— C'est l'heure, l'ogre chasse le gentleman. Luc Maurras est toujours affamé après le spectacle, prêt à dévorer n'importe qui !

— Toi, surtout, princesse, s'écria Luc en la soulevant dans ses bras.

— Lâche-moi ! Je suis pleine de crème ! protesta Aricie.

— Ce sera mon dessert ! rugit l'acteur.

Ils raccompagnèrent Mélissa dans leur vieille Twingo. Entassés parmi les accessoires et les habits de scène, ils continuèrent à improviser des scènes de fausses disputes et de vraies déclarations d'amour, auxquelles Jason se mêlait avec humour. Quand Mélissa les vit disparaître, au coin de sa rue, son cœur se serra. La tendre complicité de Luc et Aricie lui avait rappelé ses parents et l'amour qui avait baigné son enfance.

Chapitre 13
12 avril

Mélissa voyait avec tristesse ses amis s'éloigner d'elle. Ils se mobilisaient sur des spectacles concurrents et rivalisaient tous pour améliorer leur classement personnel. Les meilleurs jouissaient de grands privilèges, tels que choisir les textes, les musiques ou les scripts sur lesquels les divers groupes travaillaient. Cette compétition ne les empêchait pas d'admirer le jeu de leurs partenaires, et de le leur dire parfois. Mais, dans l'ensemble, les efforts individuels favorisaient l'égoïsme. Ils n'avaient plus le temps de penser aux autres. Mélissa déplorait cette tentation du « chacun pour soi », tout en y succombant malgré elle.

Avec David, c'était différent. Elle persistait à l'aider en français, alors qu'il ne lui apportait plus rien dans le domaine artistique. Elle avait dépassé depuis longtemps le stade de débutante. David, lui, n'évoluait plus. Après des progrès rapides, il régressait en dissertation, répétait toujours les mêmes fautes. Mélissa en venait à penser que les heures qu'elle lui avait consacrées n'avaient servi à rien.

— Tu ne bosses pas assez ! soupira-t-elle.

Il la dévisagea, amusé qu'elle le traitât comme un gamin alors qu'elle avait deux ans et demi de moins que lui et beaucoup moins d'expérience.

— Pardonne-moi, dit-elle. Mais je ne suis pas sûre de t'être d'une grande utilité.

Elle était pleine d'admiration pour ses multiples talents.

— Pourquoi tu n'es pas resté à New York ? demanda-t-elle.

Ses attitudes, sa mentalité étaient beaucoup plus américaines que françaises. Sa place était là-bas.

Il sourit, mais garda le silence. En six mois, elle n'avait pas réussi à lui soutirer la moindre confidence. Elle ignorait tout de sa vie, de ses parents, de ses projets personnels, à part ce film, *Jeunes années*, auquel il travaillait.

Tandis que David écrivait, l'esprit de Mélissa s'évada par la fenêtre. Les jours rallongeaient. Le soir tombait à peine, dans une explosion de lumière qui rougissait les toits, du côté de la Villette.

— On dit : la chanson que j'ai fait ou la chanson que j'ai faite ? demanda David.

— Faite, soupira Mélissa. Je te l'ai répété dix fois. Du reste, il serait plus correct d'écrire : la chanson que j'ai composée.

David plissa les yeux :

— Tu es sévère !

— Pas assez !

Ils se mirent soudain à rire. Puis David ferma ses livres et son classeur, et prit la main de Mélissa :

— Viens !

Ils se trouvaient au troisième étage, celui de la musique. À cette heure tardive, toutes les salles étaient désertes, le bâtiment silencieux. David entraîna la jeune fille vers l'escalier de la terrasse.

— C'est fermé à clé, dit-elle.

Exceptionnellement, la porte de fer était ouverte, en haut des marches. On aurait dit que David le savait. Il débarrassa Mélissa de son sac et le déposa avec ses propres affaires sur les gradins. Puis il attira la jeune fille au bord du toit.

Le soleil avait disparu. Une lumière irréelle découpait Paris en perspectives successives, à la manière d'un décor de cinéma. David pointa le doigt vers le sud :

— Regarde la Seine, c'est là-bas que j'habite.

— Tu as de la chance, murmura Mélissa.

La soirée était douce. Des senteurs sucrées montaient des jardinières. Les élèves surnommaient la terrasse « le Jardin du ciel », et ce nom lui convenait à merveille. Mélissa appuya sa tête sur l'épaule de David, dont le bras droit lui enserra la taille.

— La Madeleine, l'Opéra et, là-bas, c'est le Louvre...

Il énumérait les monuments. Lorsqu'il se trompait, Mélissa ne rectifiait pas son erreur de peur de rompre la douceur de leur étreinte.

Lentement, la ville s'enfonça dans la nuit. Les avenues s'éclairèrent. Une cloche tinta.

— On est bien, murmura Mélissa.
— J'aime Paris, dit David.

« Et moi donc ! » songea la jeune fille. Elle redressa la tête pour voir l'expression de son visage. La main de David abandonna sa taille pour empoigner la balustrade. « Idiote ! » se maudit Mélissa. David se mit à évoquer le siège de Paris par les Normands :

— Une énorme chaîne barrait le fleuve pour interdire le passage des bateaux.

Elle fit la moue :

— Tu n'as rien de plus romantique ?

Il sourit d'un air énigmatique quand, soudain, la porte de fer claqua. Une clé tourna dans la serrure. Mélissa sursauta :

– Douglas !

Douglas était le concierge de l'Art School. Chaque soir, il effectuait sa ronde, fermant toutes les issues. Mélissa consulta sa montre :

– Neuf heures !

Elle se précipita vers la porte, mais elle eut beau marteler le panneau de métal, le concierge demeura sourd à son vacarme. David la rejoignit d'un pas nonchalant :

– Toi qui voulais du romantisme ! Nous voici prisonniers sur ce toit pour la nuit entière !

– Tu ne te rends pas compte ! gémit-elle. Je suis en retard !

– Tu le seras bien davantage demain matin.

– Si tu crois que j'ai envie de plaisanter ! Douglas va revenir, il faut qu'il revienne.

Elle courut à l'angle de la terrasse et hurla le nom du concierge. David se mit à rire :

– À cette heure, il regarde la télé, ton Douglas. Le bon feuilleton du mardi soir.

– Lorsqu'il verra ta voiture, il comprendra que tu es encore ici, dit Mélissa avec espoir.

– Je suis venu en taxi.

– Ce n'est pas vrai ?

– Mais si.

– Ça t'amuse, on dirait ! Ma tante doit être morte d'inquiétude !

David lui tendit son mobile :

– Préviens-la.

— Qu'est-ce que je vais lui dire ?

— La vérité : que tu dors avec moi, cette nuit.

Mélissa partit d'un petit rire nerveux et composa le numéro :

— Louise ? Je suis bloquée. J'en ai pour toute la nuit... Toute la nuit, oui.

En disant cela, elle adressa une grimace craintive à David.

— Où es-tu ? demandait Louise.

— À l'académie, bien sûr.

— À cette heure ? Tu te moques de moi !

— Oui, je me moque de toi ! dit Mélissa en coupant brutalement la communication.

Elle tremblait d'indignation.

— Viens, dit David avec douceur. N'y pense plus.

Il la fit asseoir au premier rang de la tribune et, comme elle frissonnait, il ôta son blouson et lui couvrit les épaules. Dans l'ombre, elle distinguait à peine son visage, mais sentait intensément sa présence.

Elle l'entendit téléphoner à sa mère. Le ton était drôle et affectueux, celui qu'elle aurait voulu avoir avec Alma.

Peu à peu, sa sérénité revint. Elle avait rêvé toute l'année d'une situation semblable : seule, une nuit entière, en compagnie de l'homme qu'elle aimait. L'instant était si merveilleux qu'elle n'osait plus dire un mot. Peut-être avait-il prémédité ce piège. Il allait la prendre dans ses bras, la couvrir de baisers... Elle en éprouvait à la fois de la crainte et de l'impatience.

David ne se pressait pas. Il évoquait les nuits new-yorkaises, le jazz dans les boîtes à la mode, les spectacles, la vie tumultueuse, différente de la douceur de Paris.

— Je comptais entrer à l'Actor's Studio...

« Je suis heureuse que tu aies changé d'avis », songea-t-elle.

— Je suis heureux d'être ici, continua-t-il.

Elle sourit dans l'obscurité. Elle s'attendait à une déclaration passionnée, mais il évoqua *Jupiter*, ses problèmes, ses doutes, ses espoirs. À l'entendre, la musique était belle. Par contre, les paroles n'étaient pas conformes à ses souhaits. Il était difficile de communiquer avec Jason, génial mais insaisissable. Le défaut le plus grave venait des danseurs. « Bien fait pour toi ! » pensa-t-elle avec rancune.

Comme pour se faire pardonner, David lui caressa furtivement les cheveux.

« Encore ! » supplia-t-elle intérieurement. Mais il interrompit une séquence amoureuse si bien ébauchée pour lui raconter ses souvenirs d'enfance. Son récit se prolongeait ; elle finit par le trouver ennuyeux. Elle avait faim, mais n'osait l'avouer. Est-ce qu'on a des crampes d'estomac durant une scène d'amour ?

À présent, il plongeait dans le récit de ses études et de ses voyages. Elle eut sommeil, s'allongea sur le banc. Au bout de quelques instants, elle sentit David lui soulever délicatement la tête. Elle attendit un baiser; il se contenta de glisser sous sa nuque son écharpe de laine en guise d'oreiller. Il était tendre, attentionné. « Trop, beaucoup trop », se dit-elle en bâillant. Elle aurait aimé moins de courtoisie et plus de sentiment. Une autre fille, à sa place, aurait fait les premiers pas. Mélissa en était incapable, et David n'était pas du genre timide.

Elle finit par s'endormir.

Un bruit soudain la réveilla. Elle sursauta, faillit tomber de son banc. Elle avait oublié le Jardin du ciel. Le jour allait se lever. « Où est David ? » s'inquiéta-t-elle. Des éclats de voix montaient de l'escalier. Elle se leva.

– Qu'est-ce que vous faites ici ? s'écria Douglas.

David lui répondit du ton paisible qui était le sien :

– C'est vous qui nous avez enfermés.

– Enfermés ! s'emporta le concierge. L'accès à la terrasse est interdit. Vous vous êtes cachés. Ça ne se passera pas comme ça : je vais faire un rapport à madame la directrice !

– Je vous ai appelé, mais vous n'avez pas répondu, protesta Mélissa.

Douglas leur jeta un regard soupçonneux :
— Vous n'avez pas dû crier bien fort !
— J'ai eu si peur et si froid, toute la nuit, balbutia Mélissa, frissonnante.

« Quelle comédienne ! » pensa David devant le regard malicieux de la jeune fille.

Devant tant de fragilité, le concierge se radoucit :
— Imaginez qu'il vous soit arrivé quelque chose, j'aurais été responsable, moi ! Allez vite vous réchauffer !

Ils ne se firent pas prier pour courir vers leurs vestiaires. Sous la douche brûlante, Mélissa reprit ses esprits. Elle venait de dormir toute une nuit à côté de David et il ne s'était rien passé, pas le moindre baiser ni la moindre caresse. « Drôle de séducteur ! Je ne dois pas être son type de fille, ou bien il s'admire tellement qu'il n'a pas le temps d'admirer les autres ! » Elle préférait en rire. Si elle racontait son aventure, personne ne voudrait la croire. David était un homme discret, il ne dirait rien, et ce n'est pas elle qui irait se vanter de cette nuit décevante !

Sans s'être donné le mot, ils se retrouvèrent à l'entrée de la cafétéria. Il était sept heures à peine. Les rares personnes présentes levèrent des yeux étonnés sur ces deux élèves tombés du lit. Il y avait les trois appariteurs, Jo, Francis et Texas ;

l'intendante, Alice ; et Martha Ferrier. Cette dernière observa leurs cheveux encore humides et leurs yeux cernés.

— D'où sortez-vous ? demanda-t-elle.

— Nous sommes arrivés en avance, à cause du boulot à rattraper, répondit David. Mélissa m'aide à travailler mon français.

— Le français, je vois, dit la directrice d'un ton prouvant qu'elle n'était pas dupe.

Derrière son comptoir, Maria, la cuisinière antillaise, leur faisait de grands signes. Mélissa s'empressa d'aller bavarder quelques instants avec elle pour échapper au regard inquisiteur de Martha. Quand elle revint avec deux bols de chocolat et des biscuits, David la dévisagea comme s'il ne l'avait jamais vue :

— Tu es très jolie, ce matin, tu sais.

Mélissa fit la moue. « Mieux vaut tard que jamais ! »

Chapitre 14
2 mai

Depuis une semaine, un bruit courait : l'Art School allait fermer ses portes.

— Si jamais l'école disparaît, je ne sais pas ce que je vais devenir ! se lamenta Amélie.

« Elle prend cette fable trop au sérieux ! » songea Mélissa. Pour sa part, elle n'y croyait pas un seul instant. L'académie n'avait jamais été aussi brillante et animée.

— Tu monteras sur scène, voilà tout, dit-elle à son amie.

— Au « Moulin Rouge », ajouta Élisa. En jupe courte et petite culotte de dentelle.

Amélie demeura sourde à la plaisanterie. Ses

parents, qui disposaient d'aussi peu de moyens que ceux de Jason, avaient fait de gros efforts pour l'inscrire à l'académie. L'école, couverte de dettes, limitait le nombre des bourses accordées aux élèves, et Amélie n'avait pu en bénéficier.

Elle tendit à Mélissa un numéro de *France Soir*. « L'Art School : rideau ! » titrait le quotidien. L'auteur de l'article s'étendait longuement sur les graves problèmes financiers de l'école. À l'en croire, sa situation était désespérée, car le groupe Kazan avait pris la décision de retirer son aide à la fondation qui la finançait. Les mécènes éventuels, banques ou ministère de la Culture, ne se bousculaient pas pour prendre le relais. Le journaliste le regrettait, en soulignant le rôle important joué par l'école dans la vie artistique des vingt dernières années. Suivait une liste des stars françaises et étrangères formées à l'académie.

Le journal passa de main en main. Lorsqu'il parvint à Jason, celui-ci le froissa et le jeta à la poubelle :

— Le fric, on dirait qu'il n'y a que ça qui compte !

— Il faut croire que c'est la vérité, soupira Amélie.

— Tu sais comment elle est née, cette académie ? demanda Jason. Son fondateur se nommait Philippe Kazan. C'était un industriel riche et puissant, l'héritier d'une dynastie d'hommes d'affaires qui remonte au XVIII⁰ siècle. Philippe Kazan avait une passion pour sa fille, Véra, une jeune femme brillante, qu'il voyait déjà à la tête de son groupe. Mais Véra rêvait d'un autre destin. Elle voulait être chanteuse. Tout le monde s'accorde à dire qu'elle avait une jolie voix. Elle écrivait elle-même ses chansons. Trouvant que sa fille méritait mieux, Philippe a tenté par tous les moyens de la forcer à abandonner cette carrière « indigne d'elle ». Quelquefois, trop aimer, c'est mal aimer. Comme Véra s'entêtait, il a rompu avec elle. La jeune femme est morte deux ans plus tard. Elle avait vingt-deux ans. Entre-temps, elle était devenue célèbre. Sinatra a même repris une de ses chansons...

Jason s'interrompit. Les autres le regardaient en silence, et leurs regards semblaient dire : « Continue ! »

– Inconsolable, Philippe Kazan a créé une école afin de permettre à de jeunes chanteurs, d'abord, puis à des danseurs, des musiciens, des comédiens, d'apprendre leur métier dans les meilleures conditions. Il a racheté une usine désaffectée pour en faire cette petite merveille où vous bossez, et recruté les meilleurs professeurs, tout cela au prix d'une véritable fortune. Pour financer l'entreprise, il a créé la fondation Kazan. Non pour faire oublier la pollution de ses usines, mais afin de se faire pardonner d'avoir méconnu sa fille.

— Si ce que tu racontes est vrai, on n'a pas de souci à se faire : le vieux ne lâchera jamais l'académie, fit remarquer l'un des étudiants.

Jason haussa les épaules :

— Le vieux, comme tu dis, est mort il y a dix ans. Depuis, c'est son fils Bénédict qui dirige le groupe. Aujourd'hui, il doit estimer avoir fait son devoir. Il n'en a rien à cirer de Véra et de l'Art School. Il a respecté la volonté de son père pendant des années, mais la générosité d'un requin de l'acier a des limites.

— Il est si dur que ça, ce mec ? demanda un élève.

Jason fit la grimace :

— Pire !

Les étudiants se mirent à discuter entre eux avec animation. Jason en profita pour entraîner Mélissa à l'écart :

— On va répéter ?

— Si tu veux.

— Quel enthousiasme !

Mélissa se mit à rire. Après des mois d'efforts et de doutes, elle se sentait enfin à l'aise dans le rôle insensé qu'il avait imaginé pour elle. À dix reprises, elle avait failli abandonner. Les encouragements de Luc et d'Aricie l'avaient aidée à surmonter l'épreuve. À présent, elle se félicitait d'avoir persévéré.

Ils répétaient trois fois par semaine sur la

scène du « Petit Théâtre du Roy d'Espagne », le plus souvent devant un public de curieux, techniciens et comédiens. Au début, Mélissa, intimidée, perdait ses moyens. Jason s'énervait. Elle finissait en pleurs. Aricie la consolait. Ce temps-là était loin. Le spectacle était au point, les textes définitifs, la musique inspirée. *Les soleils virtuoses* était une œuvre d'une maturité étonnante. Jason avait un talent incroyable.

Mélissa le regarda à la dérobée, tout en marchant le long des rues qui conduisaient au théâtre.

— Cette histoire de Philippe Kazan, tu l'as inventée, avoue !

— Pas du tout. Elle a été publiée par le *New York Times* et reprise dans *Le Monde*. C'est Luc qui l'a dénichée, tu peux l'interroger.

— C'est une belle histoire d'amour.

Il la dévisagea d'un air moqueur :

— Un affreux mélo, oui !

— Cœur de pierre !

— C'est ce que tu crois ?

Il lui prit la taille. Elle le repoussa, mal à l'aise. Comment lui faire comprendre qu'il ne serait jamais pour elle qu'un ami ? Elle avait beau le lui répéter, on aurait dit qu'il ne voulait rien entendre. En outre, les répétitions les réunissaient durant des heures et Jason devenait de plus en plus tendre. Mélissa, elle, était de plus en plus nerveuse.

— Pour les vacances, tu as réfléchi ?

Il lui avait proposé d'aller passer quinze jours au bord de la mer, du côté de Royan, avec Luc et Aricie.

— Je t'ai déjà expliqué que je ne pourrais pas vous accompagner. Cet été, je travaille.

Pour éviter d'autres questions, elle pressa le pas vers le théâtre. Durant le travail, leurs rapports étaient différents. Jason était absorbé par la régie, et Mélissa concentrée sur son rôle.

— En forme ? demanda Luc avec bonne humeur.

Mélissa fit la moue :

— C'est ce qu'on va voir !

Elle disparut quelques instants pour mettre son collant et ses chaussons. À son retour, dix spectateurs étaient dans la salle. Elle les salua amicalement. Ils étaient là pour l'aider, non pour la juger.

— Quand tu voudras, dit Jason.

Elle vérifia le décor : un piano, une chaise, un pupitre. Une partie du son était enregistrée ; une autre, improvisée. Mélissa dansait, chantait, jouait du piano. Parfois le rythme était lent, et parfois fulgurant. La lumière jouait un rôle essentiel. Éblouissante comme un soleil, elle devenait bleue et mourante lorsque Icare sombrait dans l'océan.

— Prête ! cria Mélissa.

Jason déclencha le son. La jeune fille s'élança.

Vingt minutes plus tard, elle se lovait sur les planches, dans la lumière languissante des projecteurs. Tout était réglé à la seconde près.

« Pas mal ! » pensa-t-elle. Au même instant, les spectateurs applaudirent. Dix paires de mains, mais elles faisaient du bruit comme mille !

Chapitre 15
9 mai

Depuis sa dernière conversation avec Bénédict, David était perpétuellement anxieux et irritable. La pensée que ses critiques à l'égard de l'académie avaient pu contribuer à sa dissolution le tourmentait. Les jugements favorables qu'il avait émis ensuite n'avaient rien arrangé. Il avait l'impression insupportable d'avoir été manipulé. En réalité, l'académie était condamnée d'avance. Bénédict s'était servi de lui. Le jour venu, il pourrait dire : « Il m'en coûte d'autant plus d'en arriver à cette solution radicale que mon fils adoptif fait partie des élèves et reste très attaché à son école. »

— Tu en fais une tête ! s'exclama Élisa. Tu penses à l'académie ?

Il dévisagea l'Italienne avec un sentiment de culpabilité. Que répondre ? Elle apprendrait la vérité bien assez tôt. Il était le fils de l'homme qui décidait du sort de l'école.

Il leva les yeux vers le bâtiment. Que deviendrait-il ? Une usine, comme naguère ? À moins qu'un promoteur ne le rase pour construire à sa place un immeuble de standing dominant Paris. Bénédict avait peut-être conçu un projet de ce type. Les profits de l'opération lui permettraient de compenser ses pertes.

Il crispa les poings.

— Qu'est-ce que tu feras ? demanda Élisa. Tu retourneras à New York ? Moi, j'irai à Milan. Mon père sera satisfait : je ne serai jamais actrice.

— Il y a de bonnes écoles pour ça, à Paris : le cours Simon, le cours Florent…

— À Milan aussi, mais l'académie, c'est différent, tu le sais bien. Les élèves qui obtiennent leur étoile d'or savent tout faire : jouer, danser, chanter. Durant les castings, il paraît qu'on voit la différence.

David sourit. Élisa était gentille, malgré un caractère bouillant. En toutes circonstances, il pouvait compter sur elle. Ce n'était pas le cas d'Océane. Il regrettait d'avoir fait appel à elle. Il s'était fié à sa voix et à ses qualités de ballerine.

Or, le talent ne suffisait pas. Océane était incapable de se plier à la discipline; à celle qu'il voulait imposer, du moins. Folle d'orgueil, elle se jugeait supérieure aux autres et croyait tout savoir. Au fil des mois, par sa faute, les répétitions avaient tourné au drame. Elle improvisait, changeait le rythme, proposait sans cesse des modifications contraires à l'esprit du spectacle. David avait eu tort de se montrer conciliant. Au lieu de se détendre, les rapports s'étaient envenimés. À deux mois de la représentation tout allait de mal en pis.

Ce soir-là eut lieu une répétition générale avec lumières et décors dans le petit auditorium de l'académie. Tout se passait assez bien quand, au cours de la troisième scène, la querelle entre Zeus et Aphrodite, dans une atmosphère qui évoquait *Star wars*, Océane s'interrompit et s'assit sur les planches, en déclarant :

— Cette scène est une ineptie. Je n'y arriverai jamais. Supprimons-la !

— Il ne t'est jamais venu à l'idée que l'ineptie, c'étaient tes mouvements d'humeur, ta prétention, tes propres erreurs ? s'emporta David. Tu ne sais pas chanter correctement. Tu n'es jamais dans le rythme !

Océane se dressa comme une furie :

— Tu te prends pour qui ?

— Pour un crétin qui a eu la faiblesse de supporter tes caprices au lieu de te botter les fesses!

— J'en ai marre de toi, connard, marre de vous tous! hurla Océane. Je me tire. Continuez vos âneries sans moi!

Elle bouscula Amélie et disparut dans les coulisses.

— Bon vent! cria David.

Ils étaient soulagés de la voir partir. Elle était odieuse. Plus personne ne pouvait la souffrir. Mais ils se demandaient aussi comment ils allaient continuer sans elle. Le rôle d'Aphrodite était primordial. Le départ d'Océane réduisait à néant des mois de travail. David s'efforça d'adopter un ton détaché pour dire:

— Terminé pour aujourd'hui! On en reparlera demain.

Le soir, durant le repas, Océane relata l'incident à sa mère:

— C'était devenu intenable, tu comprends. Je ne pouvais pas continuer à servir de faire-valoir à une bande de novices.

— Avec tout le travail que tu as! gronda Louise. Pourquoi es-tu allée te fourrer dans cette histoire?

— Je me le demande! Je voulais les aider. Mais il n'y a vraiment rien à en tirer.

Mélissa, qui avait d'abord écouté sa cousine d'une oreille distraite, sursauta:

— Tu veux dire que tu as abandonné la troupe à huit semaines de la représentation ?
— On ne peut rien te cacher !
— Comment ils vont se débrouiller sans toi ?
— Si tu savais à quel point je m'en fiche !
— Tu n'as pas le droit de faire une chose pareille, c'est dégueulasse ! s'indigna Mélissa.
— Je vais me gêner, avec ce minable qui se prend pour le patron de l'Art School. Il me fait bien rire, tiens !
— David n'est pas comme ça ! Il est sympa avec tout le monde, et il a beaucoup de talent, beaucoup plus que toi, en tout cas !

Océane émit un rire méprisant :

— Mademoiselle dit ça parce qu'elle est amoureuse. Il t'a eue, toi aussi, avoue ! Un conseil : méfie-toi, c'est un sale mec, un menteur.
— C'est toi, la menteuse ! cria Mélissa, hors d'elle.
— Ça suffit, vous deux ! intervint Louise. Calmez-vous maintenant !
— Moi, je suis parfaitement calme, dit Océane avec un sourire fielleux. Si tu veux le savoir, ton David, si gentil, si sincère, si loyal, n'est autre que le fils de Bénédict Kazan. Tu sais, l'individu qui veut la peau de l'Art School. Qu'est-ce que tu dis de ça ?

Mélissa haussa les épaules, dédaigneuse :

— N'importe quoi ! Tu racontes n'importe quoi !

— Puisque je te le dis : il est venu à l'école pour nous espionner, poursuivit Océane avec jubilation. Il a fait son rapport à son père, qui juge maintenant l'académie inutile.

— C'est vrai, confirma Louise. Je tiens l'information de Flora, la secrétaire de Martha Ferrier. Personne ne se doutait que ce garçon était le fils de Bénédict. Ah ! On peut dire qu'il a bien caché son jeu, celui-là ! Moi, je l'aurais aussitôt flanqué à la porte. Mais les Kazan sont intouchables, paraît-il.

— Tout milliardaire qu'il est, il ne m'a jamais intéressée, dit Océane avec mépris.

« Toi, ma vieille, il t'a envoyée sur les roses ! » se dit Mélissa. Cette pensée ne la consolait pas. Le fils de Bénédict Kazan ! C'était donc ça, le fameux secret de David, les raisons de son silence ! Elle n'arrivait pas à croire qu'il se soit inscrit à l'académie dans le seul but de les espionner. Cette manière ne lui ressemblait pas. Pourtant, il lui avait menti. Elle avait en mémoire ses questions, et les réponses de David. Son père vivait en Californie, prétendait-il. Pourquoi ne s'était-il pas confié à elle ? Elle aurait gardé le secret. Mais il n'avait rien dit, même au cours de la nuit qu'ils avaient passée ensemble. Il y avait toujours eu un mur entre eux.

Hélas, l'amour se moquait bien des murs de cette sorte. Et, amoureuse, elle l'était encore !

Chapitre 16
11 mai

Mélissa annotait une pièce de théâtre, dans le jardin de l'académie, sans arriver à fixer son attention sur la scène qu'elle devait répéter deux heures plus tard. Le soleil était chaud, et l'herbe trop haute faisait penser à un pré plus qu'à une pelouse. La tondeuse de Douglas était en panne, pour ne pas changer. En fermant les yeux, on se serait cru en Normandie.

Luc et Aricie avaient proposé à Mélissa de participer avec eux à une tournée en Auvergne, après leur séjour à Royan. Clermont, La Bourboule, La Chaise-Dieu, Aurillac... Leur spectacle s'intitulait *Métronome*. Il y avait un rôle pour Mélissa, celui d'une marionnette.

« L'académie me l'interdit », avait-elle objecté. « L'académie aura cessé d'exister », avait répliqué Jason. Celui-là, quand il voulait quelque chose ! Pour Mélissa, la fermeture de l'Art School signifiait la fin d'un rêve. Pour Jason, le début d'une nouvelle vie.

Non, elle n'irait pas en Auvergne, quoi qu'il advienne. À cause de Jason. À cause de David, aussi. Ce dernier était assis dans l'herbe, un peu plus loin, solitaire. La nouvelle de sa parenté avec Bénédict Kazan avait fait le tour de l'académie. Du coup, plus personne ne lui adressait la parole. Il était devenu un pestiféré. Celui qui voulait abattre l'école, le traître, le milliardaire pourri !

Mélissa pensa : « Je devrais aller discuter avec lui, lui demander des explications. » Elle ne voulait pas l'accuser, seulement le comprendre. Comme elle réfléchissait aux mots qu'elle lui dirait, soudain il se leva et s'approcha :

— Salut, Mélissa.

Il s'assit face à elle, s'étira au soleil, contempla le ciel :

— On est bien, tu ne trouves pas ?

Elle se dit qu'il ne semblait pas aussi heureux qu'il le prétendait. « Il a envie de se confier, mais il n'ose pas », pensa-t-elle. Elle demanda avec douceur :

— Tu as des problèmes ?

— Non, ou plutôt si... Je voulais savoir... Tu ne reprendrais pas le rôle de ta cousine ?

Elle s'attendait à tout, sauf à ça. Comment osait-il lui demander cela après l'avoir ignorée, dédaignée, avoir choisi à sa place la plus détestée des rivales ? Il s'adressait maintenant à elle faute de mieux ! Avait-il conscience du caractère humiliant de sa proposition ?

— C'est un peu tard, tu ne trouves pas ? répondit-elle d'une voix enrouée.

— Je t'ai vue danser, ces derniers temps. Tu es vraiment super. À mon avis, tu peux assimiler le rôle en quelques séances. Je t'aiderai, tous les soirs, si tu veux.

— Un peu tard pour moi, précisa-t-elle.

L'enthousiasme factice de David s'éteignit brusquement.

— Je sais, j'aurais dû faire équipe avec toi dès le début. Mais nous ne nous connaissions pas très bien, et tu étais blessée, tu te souviens ?

— Comme aujourd'hui.

Il la dévisagea d'un air coupable :

— Tu m'en veux ?

— Pas du tout. Mais je travaille sur un autre spectacle, et mon rôle est épuisant.

— Je l'ignorais. Et avec qui, si ce n'est pas indiscret ?

— Jason.

— Je vois.

Elle ne l'avait jamais vu aussi désabusé, presque abattu.

— *Jupiter* est un grand projet, dit-elle. Je suis certaine que tu trouveras une autre partenaire, beaucoup plus douée que moi.

— Mais oui, ne t'inquiète pas.

— Si, justement, je m'inquiète. C'est vrai, ce qu'on raconte ?

Le sourire enjoué de David s'évanouit :

— À quel sujet ?

— Tu serais le fils de Bénédict Kazan. Ton rôle, ici, consisterait à critiquer l'école, l'enseignement, la gestion...

Il plongea les yeux dans les siens pour l'inviter à lire en lui-même :

— À ton avis ?

— Comment veux-tu que je sache ?

— Alors, si tu ne le sais pas, si les heures que nous avons passées ensemble ne t'ont pas permis de te faire une opinion, je n'ai rien à répondre.

— Tu pourrais au moins m'expliquer...

Il leva les yeux pour suivre le vol d'une hirondelle. Puis il finit par demander d'une voix lointaine :

— Pourquoi devrais-je te donner des explications ?

— Parce que je suis amoureuse de toi, David.

Les mots avaient jailli malgré elle. Elle les regretta aussitôt. Il la dévisagea d'un œil moqueur :

— Toi, amoureuse ?

L'ironie la vexa :

— Tu me trouves indigne de toi, sans doute ?

Il haussa les épaules :

— Qu'est-ce que tu vas chercher ! Ce n'est pas la question. La vérité, c'est que tu me ressembles, Mélissa. Il n'y a pas beaucoup de place pour l'amour dans notre vie, reconnais-le. Toi et moi, on ne pense qu'à danser, chanter, jouer, monter sur scène, affronter le public, parler devant des caméras, connaître cent destinées, éprouver mille émotions... Tu as un talent inouï pour faire tout ça, et je suis un idiot de ne pas l'avoir remarqué plus tôt. Quand je m'en suis rendu compte, il était trop tard. J'avais déjà recruté Océane. L'idée du siècle ! Je m'en veux de t'avoir laissée échapper. L'année prochaine, si tu étais d'accord, on pourrait travailler ensemble. Ça te dirait ?

Elle le regarda, interdite :

— L'année prochaine ? Tu veux dire que l'académie continuera d'exister ?

Il sourit :

— Il ne faut jamais se décourager. Quand on tient à une chose, on doit se battre pour elle jusqu'au bout. Et l'académie en vaut la peine.

— Raconte-moi ! supplia-t-elle, pleine d'espoir, en lui prenant la main.

— Tu serais parfaite dans le rôle d'Aphrodite.

Elle le repoussa :

— Tu te fiches de moi !

— Pas du tout, au contraire. Il y a une scène au cours de laquelle la déesse supplie Jupiter…

— Je ne suis pas une déesse, tu n'es pas Jupiter, et je n'ai aucune intention de te supplier !

— Dommage, tu es en train de renoncer au rôle de ta vie !

— Parle-moi de l'avenir de l'académie, au lieu de dire des bêtises.

— Parle-moi du spectacle que tu prépares avec Jason.

— Il s'intitule *Les soleils virtuoses*. Il s'agit d'une variation sur le mythe d'Icare.

— La mythologie, encore ! Jupiter, Icare, Jason… décidément, on n'en sort pas. Vous n'avez rien trouvé de plus original ?

— Il n'est pas question de mythologie, expliqua Mélissa. Le mythe n'est qu'un prétexte pour évoquer la condition de l'artiste : la naissance de la vocation, l'épanouissement du talent, les dangers de la célébrité… C'est original, audacieux, un peu halluciné…

— Je voudrais bien qu'on juge mon travail avec des accents aussi passionnés, grommela David.

— C'est le cas, affirma la jeune fille. Ton *Jupiter* est sensationnel !

Elle se mit à lui parler de sa comédie musicale, en disséquant chaque chanson, chaque mouvement chorégraphique. Son analyse était si minutieuse qu'il en fut stupéfait :

— Dis donc, comment tu sais tout ça, toi ?

— Je suis venue assister à tes répétitions. Trois fois, avoua-t-elle en riant.

— Je ne t'ai pas vue !

— Je me suis faite toute petite !

— De quel droit ? Les concurrents n'ont pas accès aux spectacles des autres avant le jour de la représentation. Tu es venue nous espionner, avoue !

— C'est toi qui parles d'espionnage ?

Elle se reprit :

— Excuse-moi, je ne voulais pas dire ça !

Il lui caressa les cheveux d'un geste tendre.

Elle soupira : « David, tu ne devrais pas faire des choses comme ça ! »

Chapitre 17
14 mai

Logée entre deux salles de danse couleur bleu marine, la petite salle de réunion, cloisonnée de verre, ressemblait à une bulle d'air.

Martha Ferrier observait David avec un vif intérêt. Elle connaissait le jeune homme de vue. Un bon élément, à en croire le dossier qu'elle avait consulté avant leur rencontre. Elle avait noté quelques faiblesses en français et en maths, mais il avait de solides aptitudes artistiques, et une forte personnalité.

Deux mois auparavant, elle avait découvert par hasard qu'il était le fils adoptif de Bénédict Kazan, mais n'attachait aucun crédit aux soupçons qui pesaient sur lui. Un espion, cet élève ? Allons donc ! Elle poussa vers lui son fauteuil roulant, sa technique habituelle pour intimider ses interlocuteurs :

— Alors, dis-moi, qu'est-ce qui t'amène ?

Il se racla la gorge avant de répondre :

— L'académie a de sérieux ennuis.

Martha se mit à rire de bon cœur :

— Ça, je suis bien placée pour le savoir, et ce n'est pas nouveau !

— On parle de fermer l'établissement.

— « On », je suppose qu'il s'agit de ton père ?

— Mon beau-père, rectifia David. D'après lui, les dettes de l'Art School sont écrasantes, impossibles à rembourser...

— L'académie a des problèmes pour la simple raison qu'on a limité ses crédits, alors qu'on aurait dû les augmenter. Nous avons été contraints de créer de nouveaux départements : l'informatique, le cinéma... Le matériel, le numérique coûtent les yeux de la tête, mais la formation de nos étudiants l'exigeait. Il y a eu également l'atelier des décors, une réussite... une ruine ! Cela dit, je ne regrette rien, grommela-t-elle.

— Je veux sauver l'académie, dit David d'une voix sourde.

— Alors, dépêche-toi d'hériter de ton beau-père ! gronda Martha. Il n'a même pas pris la peine de venir discuter avec moi. Nous avons dû lui envoyer nos bilans. À l'époque de Philippe Kazan, c'était une autre histoire. Rien n'était trop beau pour l'école.

Son regard se teinta de mélancolie :

— Les temps ont bien changé !

— Pas tant que ça, dit David. Bénédict s'en tient à l'aspect financier du problème parce qu'il ne connaît pas l'académie. S'il la visitait, il changerait certainement d'avis.

Martha sourit d'un air désabusé, attendrie malgré tout par l'enthousiasme du jeune homme.

— J'ai invité M. Kazan bien des fois. Il n'a jamais daigné répondre à mes invitations. Les rares fois où j'ai pu l'approcher, c'était en dehors de l'académie.

— Justement, il faut provoquer l'occasion, imaginer un événement assez exceptionnel pour l'obliger à venir. Il est prisonnier de son conseil d'administration, de la meute de ses banquiers. Mais c'est un homme sensible et intelligent. Il n'a aucune idée de ce qui se passe ici, malgré tout ce que j'ai pu lui dire.

— Un événement…, murmura Martha.

Son regard pensif s'évada vers la salle voisine, où évoluait un groupe de danseuses. David les observa à son tour. Il y avait Mélissa, Amélie et Élisa, le trio dont il rêvait. Il n'avait aucune peine à les imaginer dans son *Jupiter*. Soudain, Martha le rappela à la réalité en actionnant un vieil interphone :

— Louis, tu as quelques instants ? Salle 108.

« Sa voix est métallique comme tout ce qui l'entoure, songea David. Sa chaise roulante, son bureau, ses armoires, même cet interphone préhistorique, dépaysé au milieu du décor de verre et de bois rouge de la salle de réunion. »

— C'est Louis Soler, le comptable de l'académie, expliqua-t-elle. Il connaît bien le groupe Kazan.

Presque aussitôt, Louis entra dans la pièce. C'était un homme au visage sévère, vêtu d'un costume sombre, l'archétype du financier. Mais un détail vestimentaire mettait une note incongrue dans cette apparence : un chapeau de cowboy, retenu dans son dos par un lacet de cuir.

— Louis, attaqua Martha sans préambule. C'est toi qui connais le mieux Bénédict Kazan. Nous avons besoin de tes lumières.

Louis lança son Stetson sur la table zébrée de bois rouge et de résine translucide et s'assit.

— Je t'arrête tout de suite : je connaissais bien Philippe. Mais, quand je faisais partie des services financiers du groupe, Bénédict étudiait à Harvard. Je l'ai rencontré trois fois dans toute ma vie.

— Une de plus que moi, dit Martha. Que penses-tu de lui ?

Louis réfléchit avant de répondre :

— C'est un homme compétent...

— Et Véra, vous l'avez connue ? le coupa David.

Le comptable jeta un regard mécontent au jeune homme qui s'était permis de l'interrompre.

— C'est le fils de Bénédict, expliqua Martha.

— Beau-fils, rectifia une nouvelle fois David.

— Je sais, dit sèchement Louis. Véra ? Beaucoup de talent et beaucoup de malchance. Pourquoi ne pas interroger plutôt son frère ?

— À la maison, on ne prononce jamais son nom. Le sujet est tabou.

Louis Soler hocha la tête :

— Bénédict a toujours été jaloux de sa sœur aînée, parce qu'elle était la préférée de son père. Pourtant, il a été infiniment plus favorisé qu'elle.

D'un geste large, David désigna l'académie :

— Tout ça, c'était pour elle, pas vrai ?

Louis adressa un bref regard à Martha :

— En quelque sorte. Au début, c'était une façon de lui rendre hommage. Mais ensuite, Philippe Kazan s'est pris au jeu. Il était très fier de son académie. Son erreur a été de ne pas associer Bénédict au projet. S'il l'avait fait, nous aurions sans doute moins de problèmes aujourd'hui. On aurait dit qu'il jugeait son fils incapable de comprendre l'émotion artistique qu'il éprouvait. Comment s'étonner si Bénédict cherche à régler ses comptes avec lui à travers l'Art School ?

— Au bout de tout ce temps, tu crois ? dit Martha, sceptique.

— Entre nous, je n'en sais rien, avoua Louis. Il faut bien reconnaître que notre situation financière n'a rien pour séduire un homme d'affaires. Tout ce que je peux dire c'est que Bénédict Kazan gère habilement ses quinze sociétés. Il a amélioré leurs profits sur des marchés moroses. Ses succès ont consolidé son influence au sein de son groupe. Ses actionnaires ne jurent que par lui.

— Il pourrait donc voler au secours de l'académie, au lieu de la laisser sombrer, conclut David.

— Il a ce pouvoir, en effet. La fondation Kazan, qui nous finance, procure au groupe de substantiels avantages fiscaux. C'est un argument de poids.

Martha poussa son fauteuil vers la chaise de Louis :

— David pense que, si Bénédict visitait l'académie, il changerait d'avis à son sujet, et je partage son opinion.

— Vous êtes optimistes ! grogna Louis. Et toi, Martha, tu n'as même pas l'excuse de la jeunesse.

— Il faudrait le faire venir ! s'exclama David. Je vous assure. Je le connais, tout ça le passionnerait !

Louis haussa les épaules :

— Tout ça, quoi ? Des apprentis acteurs, des joueurs de trompette, des ordinateurs ? Il a, dans ses bureaux, des joujoux plus marrants.

— Parce que, pour vous, l'académie se résume à ça ? s'insurgea David. Je crois entendre Bénédict dans ses mauvais jours !

— Et, pour toi, qu'est-ce que c'est ? Dis-nous, grommela Louis.

— Le génie, l'insolence, la gloire…

— Redis-moi ça !

— L'insolence ?

— Non, la gloire. Tu as bien dit la gloire ? Pourquoi pas ?

— Bénédict est un homme juste et généreux, plaida David. Il se donne un air sévère parce que sa fonction l'exige. En réalité, c'est un tendre.

Louis Soler l'interrompit d'un geste tranchant :

— Un tendre, à d'autres ! Je les connais, les animaux de son espèce. Je les ai fréquentés, nourris, dressés à l'attaque. Bénédict est comme eux : un loup aux crocs dégoulinants du sang de ses concurrents, une machine à calculer ambulante. Mais j'ai une idée : nous allons faire de l'art un commerce !

— Tu plaisantes, j'espère ? gronda Martha.

Louis récupéra son chapeau en riant :

— Un hypermarché du génie, une supernova

de la célébrité, une foire aux stars. Attention les yeux !

Sur ces mots, il sortit, laissant Martha médusée et David perplexe.

Chapitre 18
19 juin

Dans le parc, les techniciens avaient allumé cinquante projecteurs. L'académie, flamboyante, semblait flotter comme un vaisseau céleste au-dessus de la masse sombre de la butte. Les cars de France 2 et de Canal Plus occupaient entièrement le parking.

Devant l'entrée, sur l'esplanade Aragon, les limousines s'immobilisaient quelques instants pour déposer leur cargaison de stars. On se serait cru devant le Palais des festivals de Cannes, le soir de l'attribution de la Palme d'Or.

Un imposant service d'ordre contenait le public en deçà des grilles. Seuls étaient admis les anciens et les nouveaux élèves de l'école. Les jeunes formaient une haie sur le passage de leurs aînés.

– C'est bien lui ? Non, je rêve ! s'écria Amélie.

– Calmos ! gronda Jason. Tu fais penser à une groupie de Michael Jackson ! C'est bien Mel Gibson, avec Anne Parillaud. Ils tournent ensemble *La maîtresse d'ambre*. Et regarde un peu là-bas ce qui nous arrive !

– Jim Carey ! Et Luc Besson ! murmura Mélissa. Et c'est... Marina Sampiero ! Qu'elle est belle, cette fille !

– Ce qui est génial, chez Besson, dit Jason, c'est qu'avec lui tout paraît possible.

– Rien n'est impossible, ce soir, murmura Angelo Linarès en voyant approcher Rachel Weisz.

– Je la connais ! Elle jouait dans quoi, déjà ? demanda Amélie.

– *Beauté volée, La momie, Le maître du jeu*...

– Ne me dis pas qu'elle a été élève de l'académie !

– Pas elle, non, Florent Riaud, son partenaire. Il a passé trois ans à l'Art School.

– Il est mignon !

– Bon, faites ce que vous voulez, moi, je rentre, annonça Jason. J'ai rendez-vous avec Kevin Hilmann. Il va s'impatienter.

Hilmann était l'un des producteurs en vogue à Hollywood.

Une trentaine de photographes se bousculaient sur les marches de l'école. Au moment où Jason approchait de l'entrée, des flashes éclatèrent.

– Ils ne me lâchent plus, depuis mon Oscar! plaisanta-t-il.

La cible des chasseurs de stars s'avançait derrière Jason avec une grâce nonchalante.

– Monica! Il faut toujours qu'elle me vole la vedette, celle-là! s'écria l'incorrigible.

Comme il s'effaçait pour lui céder le passage, Monica Bellucci lui sourit.

– Allez, graine de star, remets-toi, dit Angelo en poussant Jason dans le hall de l'académie.

Au pied du grand escalier, Martha Ferrier, Louis Soler et le président de la fondation, Lucas Versini, accueillaient les visiteurs. Le mobilier avait été enlevé des salles et entreposé dans l'atelier des décors pour laisser le maximum de place aux invités. À tous les étages, on avait installé des orchestres et dressé des buffets.

– Ils sont tous là, nos anciens! Certains sont venus de Californie! Comment as-tu fait? demanda Martha, qui n'en croyait pas ses yeux.

Louis sourit d'un air malicieux:

– J'ai adressé à chacun un état des lieux.

– Tu veux dire les bilans?

– Pas seulement. Dix kilos d'informations, confia le comptable, sans cesser de sourire aux invités. Ils savent que les prochaines scènes dépendent d'eux, de leur influence sur les banquiers, sinon la superproduction s'arrête. Terminée, l'académie ! Ils ont amené leurs partenaires, leurs amis. Regarde : Vincent Cassel !

— Et Marie Carmichaël ! Si on m'avait dit qu'elle chanterait un jour à Broadway, celle-là ! Je ne lui aurais pas donné un euro dans le métro !

— Elle a une voix magnifique, dit Sylvie Graham, l'un des professeurs de chant.

— Une mentalité de terroriste, fulmina Martha. Elle a mis le feu à l'académie !

— Une façon de brûler les planches ! plaisanta Laure Visconti, sa collègue.

— Ce n'est pas une métaphore, dit Sylvie Graham. Elle a déversé un jerrycan d'essence et jeté une allumette. Il a fallu évacuer l'académie et refaire une partie du hall.

— J'ignorais l'incident !

— Elle a été renvoyée et, le jour même, elle a trouvé un agent. Six mois après, c'était Bercy, puis son disque d'or avec les chansons de Misha Kendall, un autre élève de l'école.

— Au fait, où est-il, celui-là ? Je ne le vois pas, dit Martha.

— Il va venir, affirma Louis.

Mélissa contemplait l'académie dans toute sa gloire. Les célébrités, en smoking noir ou en robe du soir, s'y promenaient, très à l'aise, si nombreuses que les reporters n'avaient pas le temps de régler leurs objectifs.

L'une d'elles attirait particulièrement Mélissa : c'était Valentina. Pour la huitième fois consécutive, la chanteuse était en tête du hit-parade américain. Mais ce n'était pas ce record qui fascinait la jeune fille. Valentina était l'antithèse des stars fabriquées à la va-vite sur le modèle des artistes à la mode. Elle avait une forte personnalité et apportait quelque chose de neuf à la chanson. Un pur produit de l'Art School de Paris.

Valentina était belle et rieuse, pas sophistiquée pour un sou. Il lui suffisait d'être elle-même pour électriser les foules. Elle chantait comme elle respirait.

Elle était en train d'évoquer ses souvenirs d'adolescence avec Lia Amina, une autre beauté brune, qui avait accompli une partie de sa carrière au Canada et aux États-Unis. Les deux chanteuses avaient fait leurs études ensemble à l'académie. Mélissa s'approcha pour écouter leur conversation.

— Je t'avais prêté ma belle robe bleue, et tu me l'avais rendue toute déchirée, dit Valentina.

Lia se mit à rire :

— J'étais vraiment plus plantureuse que toi, à l'époque ?

— Non, mais tes nuits étaient plus agitées ! Tu ne me piquais pas que mes vêtements. Il y avait ce garçon, comment s'appelait-il, déjà?... Luis, tu te souviens de Luis?

— Luis Martinez, le tombeur! Si je m'en souviens!

Elles éclatèrent de rire.

— Tu peux me remercier de t'en avoir débarrassée! Qu'est-ce qu'il est devenu?

— Il a fait une carrière de mannequin; du moins, je crois.

Valentina croisa le regard fasciné de Mélissa et lui sourit:

— Comment tu t'appelles?

— Mélissa Lioret.

— Tu me rappelles quelqu'un... Tu ne trouves pas qu'elle ressemble à Scarlett?

— Scarlett Bergman? Tu as raison, c'est la même blondeur, le même sourire, dit Lia. On ne te l'a jamais dit?

Mélissa secoua la tête, incapable de prononcer un mot. Scarlett Bergman était une jeune vedette à la carrière foudroyante. Elle avait été nominée pour l'Oscar du meilleur second rôle.

— Quel âge as-tu? demanda Valentina.

— Seize ans.

— Tu es à l'académie?

— En première année.

— Tu es actrice?

— Un peu.

Sa réponse divertit les deux chanteuses, et

Mélissa mêla son rire aux leurs.

— Je chante, et je danse aussi.

— Elle est charmante, dit Lia.

Mélissa se mordit les lèvres. « Elle me prend pour une idiote », pensa-t-elle. Mais Valentina la dévisageait sans une once d'ironie.

— Je dois bientôt tourner dans une comédie musicale, dit-elle.

Mélissa acquiesça :

— *La femme et le pantin*.

— Je vois que tu es bien renseignée. Dans ce film, il y a un personnage de jeune fille qui te conviendrait à merveille. Ce n'est pas un grand rôle, peut-être l'occasion de te lancer, qui sait ? Il faut savoir danser et chanter. C'est dans tes cordes, d'après ce que tu viens de nous dire.

— Ce serait merveilleux si l'académie ne nous interdisait pas de signer le moindre engagement durant nos études, soupira Mélissa.

Valentina lui fit un clin d'œil :

— Je connais la loi. Mais ce n'est qu'un essai, ça ne t'engage à rien, pas vrai ?

Elle fit signe à un homme de haute stature qui restait toujours à proximité d'elle. « Secrétaire ? Garde du corps ? Petit ami ? » se demanda Mélissa, curieuse.

— Donne-lui mon numéro. Pas ceux-là, mon mobile, commanda la chanteuse.

L'homme tendit une carte.

— Et voilà, dit Valentina. Un jour, il y a dix ans de ça, quelqu'un m'a remis un petit carré de papier comme celui-là. Mon aventure est partie de là. Tiens, tiens, regardez qui s'amène !

Un personnage élégant fendait la foule des invités, serrant les mains et distribuant des paroles flatteuses aux célébrités présentes.

— Roland Bergerac en personne, ministre de la Culture, chuchota Lia. A-t-on idée de s'appeler Bergerac avec un nez pareil ?

Elles pouffèrent.

Le ministre, entouré de son état-major, s'inclina devant Martha. Les stars se rapprochèrent. Un technicien réglait le micro.

— J'ai horreur des discours. Qu'est-ce qu'ils attendent ? s'impatienta Valentina.

Lia fit la moue :

— Sa majesté Kazan. Quand on parle du loup !

Bénédict Kazan, arrivé le dernier, s'avançait avec une lenteur calculée, au bras d'Hélène, ravissante dans une robe de soie blanche.

— Pas mal pour un milliardaire, constata Valentina.

— Je préférais son père Philippe, dit Lia. Mais, dis donc, le petit dernier est mignon tout plein !

David suivait ses parents. Dans son costume sombre, qui faisait ressortir ses cheveux blonds, il était d'une beauté stupéfiante. Il serra la main de

Mel Gibson au passage, puis sourit à Mélissa.
— C'est bien le fils de Bénédict? s'enquit Lia.
— Son beau-fils.
— Tu as l'air de bien le connaître, cet ange blond!
— Il est élève à l'académie, dit Mélissa. Il s'appelle David Harris.
— David Harris! murmura Lia. Je savais bien que j'avais eu tort d'abandonner l'académie.

Valentina roula des yeux indignés:
— Tu n'as pas honte? Tu pourrais être sa mère!
— Pouf!

En riant, les deux stars continuèrent à se traiter de tous les noms, comme au temps de leur adolescence. Malgré leur célébrité, elles étaient toujours les meilleures amies du monde, et Mélissa s'émerveillait de leur gentillesse et de leur simplicité.

Le ministre prononça un discours, puis il céda la parole à Bénédict. Tous deux rendirent hommage à l'Art School, sans évoquer ses difficultés. Louis Soler regarda Lucas Versini avec inquiétude. Son plan avait-il échoué? Il avait espéré des miracles de cette nuit somptueuse. Mais le ministre et l'industriel restaient de glace, donnant l'impression que l'extraordinaire parterre de stars étalé sous leurs yeux les laissait indifférents.

Martha fit comme si elle n'avait rien

remarqué, et pria les invités et les journalistes de gagner la terrasse de l'académie, où un spectacle exceptionnel avait été organisé.

Une vision féerique les y attendait. Comme il avait plu quelques heures auparavant, Douglas, aidé d'une armée de jardiniers et d'appariteurs, avait tendu des bâches au-dessus du toit pour préserver le jardin. Puis le temps s'était remis au beau, et ils avaient tout démonté en un temps record. Le Jardin du ciel, illuminé de mille feux, semblait posé sur un nuage d'or au soleil couchant.

Les stars s'entassèrent sur les gradins trop petits. Les élèves s'assirent tout autour de la scène, à même le sol. Abandonnant la place d'honneur qu'il occupait à la gauche de Bénédict, David vint s'installer à côté de Mélissa. Celle-ci lui adressa une grimace malicieuse :

— Tu vas abîmer ton beau costume !

Il se contenta de chuchoter à son oreille :

— Tu te souviens ?

La dernière fois qu'ils avaient mis les pieds dans le Jardin du ciel, ils étaient seuls. Mélissa se demanda ce qu'il avait en tête et ce que signifiait son sourire moqueur, qui l'intriguait et l'irritait. Elle n'eut pas le temps de le questionner, car le spectacle commença.

Pour rendre hommage à leur académie, les anciens élèves avaient tenu à participer à la représentation. Cela donnait à la soirée un caractère improvisé, particulièrement émouvant. Katai Maresquier dansa le prologue d'*Aster* avec Igor Solofiev. Puis ce fut au tour des musiciens et des chanteurs. Christian Moscal joua à l'orgue ses musiques de film. Alan Navarro interpréta le sketch qu'il avait conçu pour la remise des Oscars. Valentina chanta « Heart in the Dust », son disque d'or, accompagnée au violon par Ivry Gitlis. Lia vint chanter avec elle. D'autres les rejoignirent. Les chansons s'enchaînaient sans fin. Soudain, Valentina fit quelques pas vers le public, prit la main de Mélissa et attira la jeune élève au milieu des stars. Elle chanta avec eux. Leurs voix couvraient la sienne. Brusquement, sur un signe de Valentina, les autres se turent. On n'entendit plus que la voix frêle de la jeune élève, mêlée au violon du virtuose. Puis Valentina fit signe à David. Mélissa et lui chantèrent en duo.

Ce fut le final. Les applaudissements, les cris. Mélissa riait. Avant de monter sur le toit, elle avait bu deux coupes de champagne. Un peu grise, elle s'appuyait au bras de David.

— N'oublie pas de me téléphoner, lui recommanda Valentina avant de partir.

Les stars s'éclipsèrent l'une après l'autre. Le ministre était déjà loin. Le Jardin du ciel était presque désert. Bénédict se pencha vers Martha et murmura :

– À bientôt !

« Promesse ou menace ? » se demanda l'ancienne étoile au corps brisé.

Chapitre 19
2 juillet

Après la fête, l'académie se replia dans une paix relative, avant de s'abandonner à une nouvelle frénésie : les examens de fin d'année. Les élèves, anxieux, évaluaient leurs chances avant les dernières épreuves.

La représentation des *Soleils virtuoses* allait avoir lieu en fin de journée. Mélissa était malade d'appréhension. Jusqu'à présent, elle avait répété au « Petit Théâtre », devant Luc et Aricie, qui savaient la conseiller et l'encourager. Dans quelques heures, il ne s'agirait plus d'un groupe d'amis, mais d'un jury impitoyable.

Elle enviait la sérénité de David. Souriant,

celui-ci s'entretenait à voix basse avec la remplaçante d'Océane, Sonja Vanderen, l'une des meilleures danseuses de dernière année. La jeune fille avait assimilé le rôle d'Aphrodite en un temps record. Une pensée, toujours la même, obsédait Mélissa : « Comment David fait-il pour obtenir ce qu'il veut ? »

« Pas toujours, puisque j'ai refusé le rôle », se rappela-t-elle. Elle regrettait parfois la compagnie de David, pas son spectacle. *Les soleils virtuoses* était une œuvre hors du commun. Si elle parvenait à donner le meilleur d'elle-même, à exprimer « la violence du feu céleste avec son corps si fragile », comme disait joliment Olivia Karas, alors, le spectacle allait faire sensation.

Si Mélissa avait pu lire dans les pensées de David, elle aurait su que sa décontraction n'était qu'apparente. Non pas qu'il doutât du résultat de l'examen. Les matières artistiques compensaient largement ses faiblesses en maths et en français, et *Jupiter*, noté sur 120, lui permettrait de se classer dans les premiers.

— Il faut à tout prix qu'on arrive en tête, dit-il d'une voix tendue.

Sonja sourit. Elle avait pris plaisir à travailler avec lui. David était le partenaire idéal, patient, charmant, intelligent, inventif.

— Ne t'inquiète pas : chez les débutants, on n'a jamais fait aussi bien.

— Je me fiche des débutants ! s'écria-t-il avec une passion subite.
— Tu veux dire, en tête de l'académie ?
Elle le dévisageait, incrédule.
— Pourquoi pas ? lança-t-il, agressif.
— Je ne sais pas... Ça ne s'est jamais vu !
— Et alors ? Ça te fait peur ?

Elle eut un geste gracieux des épaules pour dire non. De toute manière, elle était décidée à se surpasser, même si l'ambition de David lui semblait folle.

L'Art School avait une tradition : le spectacle de fin d'année jugé le plus digne donnait lieu à une représentation officielle sur la terrasse de l'école, en présence de personnalités et de journalistes. Exceptionnellement, la télévision le diffusait en direct.

Pour désigner le lauréat, plusieurs jurys composés d'artistes, anciens élèves de l'académie, et de professionnels de la scène et de l'écran, se réunissaient. Cette année, les étudiants présentaient cinquante-six créations différentes. Pour les noter, on avait constitué quatre jurys chargés de visionner chacun quatorze œuvres. Leurs membres les évaluaient selon divers critères : l'inspiration, l'originalité, la technique, la qualité d'interprétation et de réalisation.

Jupiter détenait ces mérites. Il permettrait à tous ceux qui avaient travaillé au projet de passer en classe supérieure, et à Sonja d'obtenir une étoile d'or, récompense suprême. Mais David caressait une autre ambition : il voulait que son œuvre fût choisie pour représenter l'académie, le 12 juillet, sur le Jardin du ciel. D'autant plus que Bénédict et Hélène avaient promis d'assister à la soirée.

— Il faut remporter un triomphe !

Il avait rêvé à haute voix. Sonja lui prit la main :

— Ce sera un triomphe !

David opina. Comment lui faire comprendre ce qu'il avait en tête sans paraître mégalo ? En dehors de quelques ébauches de scénarios et de *story boards*, ses parents n'avaient rien vu de ses travaux. S'il remportait son pari, si son spectacle accédait au Jardin du ciel, ils verraient pour la première fois ce dont il était capable. Surprendre Bénédict, éblouir Hélène. Il avait travaillé toute une année, avec acharnement, dans ce seul but.

Il consulta sa montre :

— Il est temps !

— Une année, raconta Sonja, nerveuse, l'un des jurys a éliminé six groupes sur douze !

— C'est sympa de nous encourager, dit David.

Le rire les libéra. Ils se préparèrent dans une atmosphère joyeuse et, quand vint leur tour, ils entrèrent dans l'auditorium le sourire aux lèvres.

David, Sonja, Élisa et Amélie avaient un avantage : ils étaient beaux. Leurs collants blancs, pailletés d'argent, mettaient leurs corps en valeur. Le mot « divin » semblait avoir été inventé pour eux. En choisissant d'incarner des divinités, même s'il avait veillé à les transposer dans un monde futuriste, David avait pris un risque. À la moindre faiblesse, sa comédie musicale pouvait verser dans la mièvrerie et le ridicule. Mais il n'y eut pas de défaillance. C'était un jour de grâce. Jamais ils n'avaient aussi bien dansé. Jamais leurs voix n'avaient été aussi émouvantes. Les membres du jury, séduits, se levèrent et applaudirent. Leur enthousiasme persuada David qu'il avait gagné.

Chapitre 20
12 juillet

— Courage !

Jason embrassa Mélissa, tremblante d'émotion. Ils se tenaient au sommet de l'escalier de fer, dans l'ombre du troisième étage, sous la terrasse de l'académie envahie par la foule.

— Je t'attends là-haut.

En voyant disparaître son partenaire, elle fut prise de panique. Ce qu'elle était en train de vivre prenait des allures de rêve effrayant. Comment imaginer qu'on l'ait choisie, elle, une débutante, parmi les quatre cents élèves de l'académie ? Depuis la création de l'école, une chose pareille ne s'était jamais produite !

Soudain, elle entendit la musique. Jason l'avait lancée comme un appel : « À toi, maintenant ! » Le public frappait dans ses mains, scandait son nom et celui de Jason.

Jason ! C'était à lui qu'elle devait son triomphe. *Les soleils virtuoses* avait été perçu par le jury comme une œuvre de génie. Il lui avait attribué 116 sur 120, une note proche de la perfection. Devant le *Jupiter* de David, avec 102.

En découvrant les deux meilleurs spectacles conçus par des débutants, Martha avait évoqué « la jeunesse triomphante de l'académie ».

Les spectateurs s'impatientaient, tapaient des pieds. Le leitmotiv musical des *Soleils virtuoses* augmentait d'intensité. Mélissa prit une grande inspiration, gravit l'escalier, et déboucha sur le Jardin du ciel dans un tonnerre d'applaudissements.

Jason avait travaillé des nuits entières pour tout régler, la musique, les éclairages, les décors, des toiles frémissant comme de grands oiseaux blancs.

Il se tenait là, tout près, veillant sur Mélissa. Malgré sa présence, elle était seule dans la lumière éblouissante des projecteurs. Seule ? Non : en compagnie des huit personnages qu'elle allait incarner successivement.

Louise et Phil étaient assis au premier rang. Océane, malade de jalousie, était alitée. Trop souffrante, avait-elle prétendu, pour assister au spectacle. Beaucoup d'autres se pressaient sur les gradins, des amis, des vedettes, des journalistes. Mélissa les avait vus arriver à travers la verrière de la salle où elle s'échauffait : Stan Durbec, le chorégraphe, Francis Huster, Dick Ferras, Jenifer.

Valentina, en tournée aux États-Unis, n'avait pu venir, mais elle lui avait adressé un télégramme de félicitations. C'était elle qui la première avait attiré Mélissa sur ces 60 m^2, entre ciel et terre. Son geste lui avait porté chance.

Mélissa prit position face aux trois caméras, installées par Abel Michelis pour filmer le spectacle. L'émotion lui coupait les jambes. Mais elle savait que cette paralysie disparaîtrait au premier élan.

La musique s'était interrompue. Elle s'éleva de nouveau, aérienne. Mélissa compta, puis elle se mit en mouvement, légère, immatérielle.

L'œuvre était conçue comme une succession ininterrompue de vingt-huit séquences. La jeune fille dansait, chantait, jouait de la voix et du piano, passait d'un personnage à l'autre, du classique au R & B, du jazz au reggae, avec une vivacité extrême. L'ensemble reposait sur une harmonie à la limite de l'équilibre.

Assis sur le sol, à proximité de la scène, David regardait de tous ses yeux la performance de Mélissa, et il songeait : « Si elle avait dansé pour moi, j'aurais gagné ! »

Au début, il avait souffert de sa défaite, de son

rêve évanoui. Il tentait de se persuader que le jury avait été partial, qu'on l'avait jugé avec plus de sévérité, parce qu'il était le fils de Bénédict. Mais, en voyant Mélissa, il se laissa emporter par l'admiration. Ce qui faisait la différence entre ce spectacle et le sien, c'était elle, bien sûr; mais aussi l'audace, une folie parfaitement maîtrisée. Cette histoire d'un artiste consumé par la célébrité reflétait la personnalité de Jason, sa fantaisie, son humour, sa sensibilité, son sens inné de la poésie. Mais la grande, la très grande idée de cette œuvre, c'était de l'avoir entièrement conçue pour Mélissa, afin de révéler toutes les facettes de son prodigieux talent.

Vingt minutes plus tard, la musique déclina et mourut. Mélissa se courba avec grâce, ses mains frôlant le sol, puis s'écartant comme des ailes.

Le public applaudit avec frénésie. Les gens se précipitèrent. Aveuglée par les larmes, Mélissa les reconnaissait à peine. Le grand Durbec la félicita chaleureusement. Martha, si peu démonstrative, poussa son fauteuil sur la scène pour la serrer dans ses bras.

— Magnifique !

La voix de Phil. Le sourire crispé de Louise. Puis Luc, Aricie en pleurs. Élisa, Amélie, Sonja. David, enfin :

— Tu as été sublime !

— Ton *Jupiter* méritait d'être là, lui aussi.

Il fit la moue :
– Pas assez près du ciel !
Jason, à présent. Son sourire ironique :
– Tu vois bien, quand tu veux !
Les flashes des photographes explosaient autour d'eux. Mélissa prit la main de son partenaire pour lui rendre hommage.
Soudain, les spectateurs qui les entouraient se tournèrent vers la tribune. Bénédict Kazan avait saisi un micro :
– Superbe spectacle, commença-t-il. Je parle de ces *Soleils virtuoses*, mais aussi de toute l'académie. En vous voyant, ce soir, j'ai compris ce qui faisait battre le cœur de mon père chaque fois qu'il mettait les pieds dans son école. Je me souviens qu'il en revenait toujours différent, plus jeune, plus heureux, parlant d'avenir, au lieu de ressasser le passé. Je voudrais, moi aussi, vous parler d'avenir…
Il pencha la tête vers Martha et lui adressa un signe de connivence avant de poursuivre :
– Depuis la soirée d'anniversaire, à laquelle vous m'avez convié, j'ai beaucoup réfléchi, discuté, travaillé, avec le service de relations publiques de mon groupe, avec les responsables de la fondation, avec mon fils David surtout, qui m'a ouvert les yeux sur l'extraordinaire potentiel artistique de l'académie dont Mélissa Lioret vient de nous faire la démonstration.

En prononçant ces mots, Bénédict déposa son micro pour applaudir, imité par tout le public. Puis, reprenant le micro, il conclut :

— J'ai le plaisir de vous annoncer que de nouveaux mécènes ont accepté de soutenir avec nous la fondation Kazan, et donc l'école. Les subventions accordées à l'académie vont doubler dès la rentrée prochaine, ce qui lui permettra non seulement d'assainir sa situation financière, mais d'engager de nouveaux investissements. Je fais confiance à Mme Ferrier pour en définir les priorités... Voilà, bonne chance à tous !

— Bravo ! cria Louis Soler.

Les spectateurs, élèves et invités, se mirent à rire et à applaudir Bénédict. Grâce à lui, l'Art School allait avoir encore de beaux jours devant elle.

— Quel cabot ! grommela Jason. On dirait que c'est lui, la star !

Mélissa sourit distraitement. Le regard perdu au loin, vers le magnifique spectacle de la nuit parisienne, elle s'adressait à sa mère : « Tu vois, Alma, j'ai réussi, grâce à toi. Ce que tu n'as pas pu accomplir, je vais le réaliser, car ta pensée m'inspire, ta passion me fortifie, et ton amour m'enveloppe comme aux plus beaux jours de mon enfance. »

FIN

―――― *Extrait* ――――

Pour continuer à vivre
au rythme de

Lis vite cet extrait de

UN RÔLE POUR TROIS

―――――― *Extrait* ――――――

Les répétitions commencèrent le lundi suivant. Les six acteurs principaux se retrouvèrent sur le toit-terrasse de l'académie, surnommé par les étudiants le Jardin du ciel. Par beau temps, l'endroit était idéal pour travailler, car il comportait un vaste espace scénique ensoleillé, et des batteries de projecteurs pour les prises de vues nocturnes.

Le réalisateur avait demandé à son chef-opérateur, Jonas, d'assister à la répétition. Une caméra vidéo à l'épaule, Jonas commença à exécuter des portraits des comédiens.

– Où est Agnès ? s'emporta Serge. Il est presque dix heures !

―――――― *Extrait* ――――――

— Cette fille est une emmerdeuse, je te l'ai toujours dit! grommela Jonas.

— Bon, en attendant on va faire quelques prises, décida le réalisateur. Pour commencer, la séquence de la dispute entre Jean et Maria. Donc, Jean est jaloux du succès de Maria, mais il ne veut pas l'avouer, alors il invente un prétexte, celui du rendez-vous manqué. En fait, c'est lui qui a commis une erreur. Vous y êtes? Tout le monde a son texte? David et Anaïs, à vous. Les autres, vous rentrerez au signal.

Les jeunes comédiens se placèrent face à face.

— Rapprochez-vous, dit Serge. Jonas?

— OK pour moi, grogna celui-ci.

David avait les mains libres, ce qui signifiait qu'il connaissait son texte. Anaïs se demanda si elle devait se débarrasser du sien. Elle le garda.

— Je t'ai attendue! débuta David d'un ton hargneux.

Anaïs le regarda avec une douceur attristée avant de répondre:

— JE t'ai attendu.

Le ton n'y était pas. Serge la fit recommencer à plusieurs reprises. Au lieu de s'améliorer, elle devenait de plus en plus nerveuse.

— Je n'y arriverai pas! balbutia-t-elle.

— Ce n'est rien, dit Serge. Tu es un peu

crispée, c'est normal. Détends-toi. Bien sûr que tu vas y arriver. Il faut entrer dans la peau de ton personnage. Tu es Maria, une fille timide, mais tenace. Comme toi. Allez, on reprend.

— JE t'ai attendu, répéta Anaïs.

« C'est mieux », pensa Serge.

— Avec toi, c'est toujours la même chose, dit David.

Anaïs devait tourner la scène à la plaisanterie.

— Évidemment, je suis fidèle, moi.

— Curieuse conception de la fidélité...

Là non plus le ton n'était pas juste. Il aurait fallu plus d'ironie. Cependant, Serge la laissa continuer. Cette fille avait des qualités, mais elle était complexée. C'était à lui d'utiliser ses peurs et de canaliser ses doutes pour forger la personnalité de Maria.

Ed Vitalis allait intervenir lorsque Agnès déboucha sur la terrasse, et, contournant Jonas, vint se pencher à l'oreille de Serge:

— Téléphone à Ralph.

Ralph Fernandez, patron des films Bleu océan, était le producteur du film.

— Tu crois que c'est le moment? explosa le réalisateur. Je te signale qu'on répète depuis neuf heures.

Extrait

— Il attend ton appel, insista Agnès avec un calme exaspérant.

Jonas arracha la caméra de son épaule :

— Je te le disais bien que c'était une emmerdeuse !

Agnès lui lança un regard meurtrier :

— Si vous voulez bosser pour rien, c'est votre affaire !

La phrase, pleine de sous-entendus, inquiéta Serge. Il saisit son mobile.

— Agnès t'a dit ? aboya Ralph.

Serge inspira profondément pour retrouver son calme.

— Qu'est-ce que ta petite protégée est censée me dire ?

— J'ai engagé Flora Michèle.

Après un long silence, le réalisateur réussit à articuler :

— Tu ne veux pas dire pour *Secrets de stars* ?

— Pour quoi d'autre ? rugit Ralph. Maria est un rôle trop subtil pour être confié à une débutante.

— Les rôles sont déjà attribués, dit Serge d'un ton froid.

— Tu n'as qu'à annuler !

— Ben voyons ! Au fait, je croyais que le budget de prod était bouclé, fit remarquer le réalisateur.

Extrait

— Dépassé, tu veux dire, répliqua Ralph. Je te rappelle que j'ai pris des risques en finançant ce film. C'est pour limiter la casse et assurer un minimum d'entrées que j'ai besoin d'une tête d'affiche. Tu comprends ça ?

Serge crispa les poings :

— Je comprends, oui.

— Et le film est trop long. Je te suggère des coupures. Agnès te remettra le projet.

« Garce ! pensa Serge. C'est elle qui a manigancé tout ça ! » Il avait une envie folle de tout envoyer promener. Que Ralph se débrouille avec sa vedette et son script foireux ! Mais il eut soudain conscience des regards fixés sur lui. Il songea à ses jeunes comédiens et à tous les autres étudiants qui travaillaient pour lui depuis un mois. Il ne pouvait pas les laisser tomber. Dans leur intérêt, il devait se plier aux exigences de Ralph et faire au mieux avec la liberté qui lui restait.

Après avoir coupé la communication, il sourit tristement à Anaïs :

— Désolé, dit-il. Mais le rôle de Maria est confié à une actrice connue, à cause d'un connard de producteur !

Il espéra qu'Agnès répéterait textuellement ses paroles à l'intéressé.

1. L'école des stars
2. Un rôle pour trois
3. Née pour chanter

Impression réalisée sur CAMERON par

BRODARD & TAUPIN

GROUPE CPI

*La Flèche
en janvier 2005*

Imprimé en France
N° d'impression : 27742